长篇报告文学

纪事 社区

毛眉 著

作家出版社

图书在版编目（CIP）数据

社区纪事 / 毛眉著. -- 北京 ：作家出版社，2017. 10
ISBN 978-7-5063-9739-1

Ⅰ. ①社… Ⅱ. ①毛… Ⅲ. ①纪实文学 – 中国 – 当代
Ⅳ. ①I125

中国版本图书馆CIP数据核字（2017）第257189号

社区纪事

作　　者：毛　眉
责任编辑：李亚梓
装帧设计：百丰艺术
出版发行：作家出版社
社　　址：北京农展馆南里10号　　邮　　编：100125
电话传真：86-10-65930756（出版发行部）
　　　　　86-10-65004079（总编室）
　　　　　86-10-65015116（邮购部）
E-mail:zuojia@zuojia.net.cn
http://www.haozuojia.com（作家在线）
印　　刷：中煤（北京）印务有限公司
成品尺寸：142×210
字　　数：178千
印　　张：8
版　　次：2017年12月第1版
印　　次：2017年12月第1次印刷
ISBN　978-7-5063-9739-1
定　　价：36.00元

目
录

我选择了爱你

我选择了爱你，人类关于未来的故事，只能是爱的故事。

2016 年，我作为新疆维吾尔自治区昌吉市第三批"访惠聚"工作队的一员，进驻社区，定点在昌吉市绿园路街道和园社区。

2016 年 2 月 25 日，是报到的日子。

电话打到社区："我是今年新的工作队队员，坐 55 路去社区，在哪一站下车？"

在传来的嘈杂中，一个女声答道"景城"，就扔下电话，剩下嘟嘟声。

鸟儿在窗与窗之间沿着无形的固定路线，飞来飞去，我坐着刚刚开通的 55 路公交车，沿着家与社区的固定路线，来了又去。

拐角的那家英吉沙油馕铺的主妇，还是个孕妇，到了年末，咿咿呀呀的孩子就会开始在门口推着学步车，趔趔趄趄。

我凝视，和他们一起，和55路公交车一起，滚动了一个四季。

进驻社区前，2016 年的第三批"访惠聚"队员，接受了十天的集中培训：

访惠聚，访什么？——访民情，这是个前提；

惠什么？惠民生，这是个基础；

怎么聚？这，是个问题，怎样引导更多的群众？

在新疆维吾尔自治区，我们的口号是，"最后一公里"。什么是最后一公里？就是要打通联系服务群众的"最后一公里"；

在昌吉回族自治州，我们的口号是"零距离"。什么是"零距离"？就是要访完最后一家人，大家入驻之后，要发挥各个派出单位的资源优势，要在3月、4月两个月中，完成挨家挨户的走访，有普遍访，有重点访……

在报到会上，社区书记林燕子介绍了和园的范围，3.15平方公里，7个居民小区，5个网络党支部，总户数4935户，总人数10508人，残疾34人，80岁以上12人，低保户4人，贫困户7个，出租户32户，流动人口1483人……

工作队员与社区干部一对一，我的搭档是漂亮的古丽，我们的分片范围是，桃园新城的16幢楼至33幢楼，237户人家。

期待着入户：无论选择怎样的命题，对它进行详尽细致的调查都是最佳的办法。期待着走进200多户人家，坐下来听他们的炊烟故事，以此研究社区的全貌，居民的生活水平、住房、就业、组织结构，目测着命运究竟会把这些人物引向何方？那些故事，那些感动得人热泪盈眶的故事，正等着我去采撷，满怀满抱……

敲开门，着睡衣的米淑芳还没梳洗："我是常住户，这是我买的房子，不是租的，我老公在亚中开了个餐饮店，不好挣钱……坐吧，这不，房子还没有顾上收拾。还是你们好哇，每月的工资在那放着呢，我们一天飘着，有时候干了活还赔钱，我刚把娃娃送走，在七小上学，我再去店里……"

我在拍工作照，林燕子叮嘱要痕迹化工作，入户有登记，每天有记录，大家手勤一点，随手记，随手拍，不要到了年底再编档案，捏包子……

女主人急了："哎，拍什么拍，我穿着睡衣呢。"

"没拍你，拍我们的工作人员……"

再敲开对门，一条大狗扑出来，前爪搭上肩，与我满怀满抱，女主人衣衫不整，懒懒地说："没事，它不咬人……"

大狗的熊抱让我惊魂未定，古丽却说："你很镇定，居然没有尖声惊叫？"

"怕我的尖叫惊着了它……"

大多时候是古丽敲门，我记录：是否本地户口，是否服过兵役，是否党员，身份证号，手机号……

入户都在下班时间，下班家里才有人啊，一户户地敲门，一敲一个单元，二个单元，五个单元，一幢楼……后来发觉，古丽的敲门声越来越温柔，觉得社区干部真有素质，怕惊到了屋内人。

"你想多了，这种盼盼门最硬了，敲得我指关节痛。"

古丽改用笔敲门，这，是只有社区干部才会遇到的问题。

曾经期待的登门拜访的计划，彻底失败了。

入户，得到的是一系列数字，看不到他们真正的人生，远远不能进入事物的内部。因为，只有关系十分可靠时，你才会提出一些敏感的问题，也只有关系十分可靠时，你才能得到些真实的答案。现实没有按照我原先的预想进行。当然，现实会按照谁的预想进行呢？但入户却是职责所在，我忍不住焦虑：在社区，该怎样选材？

天色黑尽，老楼旧楼，过道灯不亮，我打开手机屏幕，蓝色的光线，照着古丽，窸窸窣窣地捡着散落一地的底册。

"这都快九点了，等回到家就十点了，还有泡的一大盆衣服没洗呢……"

说着"扑哧"笑出来："只有我和儿子的衣服，老公的衣服被我扔出去了……"

微弱的蓝色，蓦地，打亮了我持续了三个月的焦虑。

人真是自己的锁链，只因为有了事先的预定，它成功地限制了我的眼界。而这些每天与我相伴的社区干部，他们的故事，就在身边，他们的言谈，就在眼前，他们与我的互动，时刻都在……

我开始重新调焦——社区人，作为一个维度出现了。

事情，就这么改变了。

之后的我，眼光再也没有离开过这个群体。

我在社区大厅一角，静静地观察着，记录着，像一台全身闪烁着红绿灯的、灵敏的机器，感知周围的一切，搜索各种声音，声音里的情绪，情绪里的哀乐，哀乐里的灵魂……

通过观察他们，明白了社区的结构：来开婚育证明的，办理独生子女费的，去找沙默会，她是怎么样处理的？

来办社保的，办理暂住证的，办理失业证的，去找王彩霞，她是怎么样解释的？

办理低保的，办理贫困生助学基金的，办理申请廉租房的，去找古丽；一个老人来领高龄补贴，上不来四楼，古丽下去办理了……

一个个社区女人，承担着一个个口子，一个个口子，是一扇扇窗户，于是，由社区通往社会的视界，像一把扇子，打开了它所有的褶皱。

在一点点打理中，最终找到了属于自己的视角：在角落里，写作中国人的日常生活，记录对当代的观察。告诫自己：这一年，只观察，只潜伏，只作一个速记员。假如社会是个法庭，大家关注着原告、被告、律师、法官，但那个时代过去后，书记员记下了些什么，至关重要。

一有时间，我就回归在大厅一角，生怕记漏了什么，到了年底，谜底可能会拼错，或拼不出来？

本想以社区为棋盘，以人物为棋子，以事件为路径，分为人物卷、事件卷，希望能把白描写得动人：记录痛苦，但不渲染；观察人性，但不抨击；笔触克制，保持理性，让那些躲闪着的点滴人性，闪光。

但记着记着，所有的人物与所有的事件，齐齐地扑打过来，打得人睁不开眼，喘不过气，就像时代的流量，不分善恶是非，就像时间的流量，不分青红皂白，让人只想停下来搓把脸，谈什么分类，谈什么裁剪，一切都抽刀断水。

但会随着时间的推移，隐身的状态会发生变化。这个群体是部活动的电影，而不是静止的照片，他们会时不时地喊一声"对不对呀，毛姐"，"是不是呀，毛老师"，他们需要我的态度。

原来，客观记录并不那么轻易，一味隐身，是融不进去的。既然是一条鱼，对于水的温度，便有一种"忍不住的关怀"。

从旁观变成融入，虽然尽力保持着观察的客观，但还是很撕扯。

持续不断地，漫无目的地，记下些杂乱的片段，时而旁观，时而融入，时而跳出，最后，期望着能在俯瞰中，寻找到某种精准的东西。

摄影家的名言是：如果你拍得不够好，那是因为你走得不够近。

写作反之：如果你走得太近，则需要一点点超拔。

社区是芜杂的，每天都充满喋喋不休的冲突，每时都呈现碎碎念的情景，书写这样的现实，困难在于，我得刻意地保持视野，保持超越，保持警惕，保持对日常奇迹的发现，在平凡中找到叙事的空间，处理好琐碎与提升的关系、日常与表达的关系。

庆幸的是，在社区的每一天，我都有着文学的冲动，不如顺势而为，就把这种裹挟记录下来吧。

怀着冒险的心境，带着新鲜的眼睛，进入那个想象中的现实王国，知道所有从前以为理所应当的都可能被颠覆。仿佛我以前生活在"现代"，社区生活带我进入"当代"，总是试图为当下的问题，找到出口。

社区里的故事，故事里的问题，短期内并没有答案，它是开放性的——身逢这么多的问题，恰是我所理解的报告文学的使命。

我选择了新疆的社区故事，或者说，新疆的社区故事选择了我，因为我恰好到了那里：既然每天都去上班，就该做点什么。

文学有着敏锐的触角，刚满 100 周年的新文化运动，是文学，最早触及社会问题；80 年代改革开放，也是文学，最早触及社会的伤痕；如今，我们经受了巨大的互联网浪潮，巨大的物欲与资本洗劫，文学，也感知到了；小小社区，承载着消费与欲望着的芸芸众生，在互联网的信息大潮中，被不期然地推到了当代前沿，对此，文学也感知到了。

纪实写作，需要一条长长的跑道，那条跑道，是完整的2016年度，而我的合作对象，几乎是整个世界。

伏在厚厚的 2016 的日子上，一页页地写作，社区女人们的脸，是一朵朵浪花，有时笑，有时恼，成为与时间的变形相抗衡的力量。我与她们在同样的温度里，经历冷暖。我的写作是对基层社区女人们的长情告白，最好的写作注定来自你爱的时候。

有人说，20 世纪，是一个把爱提升为真理的形象的伟大时代；

艺术最简洁的表达，就是爱。

与爱相反，我们看到民族身份、政治理念、宗教极端，是如何有效地创造着仇恨。

我选择了爱你，人类关于未来的故事，只能是爱的故事。任何人都无法因为恶、因为愤怒、因为仇恨而有所获益，仇恨没有未来。

无论发生什么事情，都永远有一些别的事情在继续着。在社区，永不结束的故事里，有了爱这个元素，低处的琐碎会上升到高处，并在高处，将一切会合。

这一年，外环境的压迫感，对每个人的身心，都产生着冲击，这本书埋了一些社区生活的密码，所有的故事、人物，都是真实的，一颦一笑，一事一例。他们信任我，在一次次长夜漫漫中，告诉我心底的想法，我写下了事实，但毕竟涉及了私人私事，所以用了化名，社区的朋友读到后会心有灵犀。

对于刚刚过去的社区生活，那块故事的发生地，有人离开了，有人还在。还在的人，会在经济的阶梯上辗转一阵后，渐行渐远，最后，书信全无，这就是生活的法则。

"爱就是忠实于相遇"，在曾经流淌过的路上，有爱相随，也不枉相遇一回。

再次回到日常生活时，我带回了一颗接受历练后、烟熏火燎的现实之心。当我进一步将社区与更大的社会结构联系起来时，一个更为切实的世界，轰然而至。

燕子：飞入寻常百姓家

所有的社区故事，都是生活本身，滔滔不绝；而社区书记，无不是民间的燕子，扑啦啦地，飞入寻常百姓家。

还有些孩子气的林燕子，是全国最小的社区书记。

听她第一次主持圆桌会议：

"我刚看到九个下派干部名单时就想，这么多领导来社区了，都是科级县级的，我这个社区书记，连个副科都不是，咋办？"

听她在升旗后做宣讲：潘基文来杭州了，这是他第二次来中国，他说他很高兴……陈全国来昌吉了，这是他第二次来昌吉，他说他很高兴……

我捕捉她那些极具个性的语言："社区写的东西，抬头上就不要穿靴戴帽了，我们已经是最基层了，没有别人看。"

枯燥的数字从她那里出来，一听就明白。说起创建文明城市，她说："我们从报表上就看得出来，城市建设的步伐放缓了，以前每年绿园路街道的社区，都要增 3000 户，今年跟去年的报表一样，数目都没变……"

5月4日那天，一大早，撑着细雨去社区。每次穿过小区，都想看看他们在做什么。对于一个靠眼光来探索的写作者，我信赖眼中所见的东西。

三三两两的居民询问："你家有水吗？"

"没有，你家呢？"

"也没有？"

还没进到社区办公大厅，就听见林燕子打电话：

"物业公司吗，昨天半夜2点多钟，和园社区的自来水管道爆裂了，我们赶紧关掉了总闸，得赶快来维修。什么？它属于小区管网，不属于物业管理，破裂的管道在两个小区中间？"

林燕子摁下电话："唉，这家物业公司，把我们拖得真叫无语，我说一句，他还十句，理由各种各样，听得我一个头十个大。"

林燕子面前放着一本厚厚的"绿园路办事处通讯录"，继续拨号：

"市住建局公共事业科吗，我汇报一下，昨天晚上2点多钟，和园社区11号楼的自来水管井盖爆裂了，井盖在围墙外面，井盖上还有违章建筑，违章建筑是黎万强家的药店。现在和园小区全部停水，要维修，它属于小区管网，不属于物业，在两个小区之间，不知该找谁？"

"我打给物业，他们说，井盖在围墙外面，他们不管，现在全小区停水，我问一下，该谁管？"

"谁吃水谁管，让和园自己管去。"

那头挂了，传来"嘟嘟嘟"声。

林燕子情急："我只是想问问清楚，有没有什么法规条款之类的，让我好跟物业据理力争，结果，啪，他直接挂掉了，我勒个去！"

我问："对方是谁？"

"公共事业科。"

林燕子又打 12319。

才知道，12319 是公益服务专用电话号码，是城建服务热线，涵盖了公交、供水、燃气、供热、建筑市场等各个方面。

热线给出了与公共事业科一样的答案。

再打给房管局："什么？万分拜托，千万别开现场协调会了，赶紧把水先通上吧。说吧，除了让我掏钱买管子，其他的，都能配合。"

再打给信访局："我是和园社区，给您报个隐患，昨天半夜 2 点，和园的水管爆裂了，如果有居民投诉市长热线，就说我们正在修，什么原因？不知道，路面没有挖开，不知道究竟开裂了多少，停几天？现在不好说……"

再打给环卫局："我们全小区停水了，能不能安排先送几车水？啊，是你啊，你什么时候调环卫局了？快点快点，把我捞出去啊……"

环卫局答复："停水 6~8 小时后，可以送水。"

再打给司法局："井盖上有违章建筑，违章建筑是一家药店，药店底下的井盖烂了……"

一会工夫，她打了 12319 城建服务热线、12345 市长热线、司法局、房管局、环卫局、信访局、物业公司……

我想跟上她的语速，跟上这个基层组织的运转方式，顺着林燕子的思路，了解社区与各个职能部门的联系。

但我还需要时间，用逻辑把它们穿起来，它是一个社区，一个社会运转的隐性脉络。

最后，电话那头调侃："好吧，看你管下的那个和园。"

下午，一位中年男子在大厅里与沙默会吵着开证明，高声地打着电话："你说得轻松，一句话的事，人家就是不给开这个证明。"

林燕子在愈吵愈烈中赶来灭火："不是不给你开，我们根本没有权利给你的孩子开入学证明，我们只能给你开居住证明，因为我们是居委会……"

又有居民气咻咻地来找林燕子："我们家的下水道又堵了，不能一个月堵上五次呀？"

林燕子说："要根本解决，就要管网改造，我们社区的干部在小区挨家挨户要签字，三天了，只有百分之三十的居民同意，你签字了吗？"

"我不知道呀，天天忙着上班。"

"你不知道不等于我们没做工作，主管道堵了，政府管，单元堵了，各个业主自己分摊，现在通行的就是这种做法。你应该去找物业，让物业派人去收钱呀？"

女户主嚷嚷着："他们不管，我才来社区的……"

黄艳云解释给我听："一楼103的下水道堵了，户主自己掏钱找人疏通了，这个单元有六户人家，其他人家不愿意分摊疏通的钱。这样的事情家家都遇到过，有的人家大度一些，就把钱掏了，但有的不掏。"

这边还在解释，又来一位户主，依然是堵的问题，依然是气咻咻地质问："你说，随随便便就把水关掉，我们吃不上水，他有啥权力控制全楼的用水？我们去了，敲不开门，成天家里没有人。"

黄艳云说："我们再去协调一下。"

女户主说："不行了，我就去告。"

林燕子一听"告"字就急："我们去跟一楼协调一下，然后反馈给你，实在不成，告是你的权利。"

居民被无奈地送走了。

黄艳云又解释："也是下水道堵，堵的次数多了，没人分摊的次数多了，103户就想自己解决，咋解决？他自己安了个阀门，控制了上下水，别人家就用不上水了，这不，找到社区来，让我们出面……"

总算听懂了。

林燕子说："其实，所有的意思都是，想让物业掏钱。物业说，这是建筑商的遗留问题，不是他们的问题。去找建筑商？他说，楼房保质期是5年，现在已经第16年了，这时候出了问题，谁管？……"

"可以用维修基金呀，那个钱就是用来干这个的。"

"说得好听，上次顶楼被淹，提出申请，用维修基金，重新做一下楼顶的防水，结果，底下的所有楼层都不同意。"

"那是当然，人家又没漏，凭啥要动用大家的钱？"

"他们不签名，维修基金就不能动用。"

"问题是，保质期为什么要五年？不能长点吗？顶楼漏了，修就是，为啥要别的楼层同意？"

"对呀，为啥规则是这样的？"

大家七嘴八舌，最后得出一个结论："因为，制定规则的人不住在顶楼……"

与林燕子熟悉到可以提问时，我问，和园哪些问题最为突出？

她连珠炮般地说："问我别的没有，问题？多了去了，乾居园的5号、7号、11号楼围墙坍塌，存在安全隐患，没有监控摄像头，还有个长期上访户；和园的问题：6号、8号楼路面翻浆，井盖子破损，4号楼地基塌陷，12号楼浸泡污水数年，危险，7号楼地下室下陷；桃园小区有700米路面破损，我想启用维修基金，但发现这根本就是个打不开的死豆子……"

那天，眼见一群气呼呼的广场舞大妈，打上门来要场地，吵到唾沫星子横飞，最后被林燕子高高兴兴哄走了。"现在的政策这么好，别生气，多活几年，有能耐一口气活到80岁，国家还给钱呢。活到100岁，拿得更多，不拿白不拿。您说，是不是呀？"

她们走了，林燕子长出口气，冲木呆呆的我，做个鬼脸："摆平就是水平。"

"但问题是，问题还没有解决。"

"解决？"林燕子一脸诧异，"你以为一来找，问题就得解决？很多事情不是我一个社区书记能解决的，也不是街道能解决的，甚至，也不是市上能解决的，如果，连州上都解决不了，那我告诉你，这个问题根本就不是问题，所以，"她转身，面对工作队的同志们，斩钉截铁，"大家到了社区，要尽快明白的是，社区没有执法权，只有调解权，我们是服务居民，所以，大家下去不要给我揽事，千万别脑袋一热就乱打保票，千万不要说这事什么时候能办，千万别说这事我已经汇报给领导了，你只能说，我了解了，会向上反映，请你耐心等待……

后来才知道，林燕子与"三千万"的故事。

"没办法呀，好小区，新小区，物业到位，设施完备，问题少很多，老旧小区的问题多是些纠纷，谁家堵了，谁家吵架了，谁家冒烟了，很杂，但必须去处理，怎么处理？社区没有任何执法权，只有调解的权利。"

原来这就是社区的问题所在：干着没有权限的事情，不摆平又能如何？

让这个世界变得更美好，是知识分子的理想，而社区书记在不断地回避中，让自己的管辖保持和谐。从来都是这样，政治家做政治家的，文化人做文化人的。

调解家庭、邻里纠纷，本身就是社区职责的一部分。

经过一阵子历练，我大体听几句，就明白居民与社区女人们在吵什么。

那天，见证了社区几乎要爆炸的一天，等到巡逻时间，把迷彩帽往头上一扣时，我诧异："咦，我的帽子咋小了？"

黄艳云哈哈大笑："不是帽子小了，是你的头大了，知道了吧？社区就这么让人头大。"

其实，在社区大厅，除了看到吵架，还看到的是，百姓对公平、民主、自由的诉求在增长，暗暗地觉出来，互联网启蒙了中国人的民主意识：你可以不同意别人的话，它刺耳，它糟糕，但还是要让别人说话，因为人们有说话的权利。

林燕子从街道开会回来，喊："王彩霞，放下你手头的活，给我报一下民族团结进步年，去极端化的版面做了几块？要各做2块，必须必，这个不开玩笑，马上要来检查了……"

王彩霞说："我已经开始写第三部了。"

林燕子"扑哧"笑了："厉害，你写《家》《春》《秋》呢。"

王彩霞在微信上发现了什么："好消息，书记给街道上的社区书记讲党课，第一名！"

"嘿嘿，不是我讲得好，是他们讲得差，"林燕子笑得好天真，"我昨天去街道批了 500 块钱，明天下午搞个端午节活动，给养老院的老人发粽子、理发、演节目，还有关于创城、两学一做的有奖知识问答……"正说着，电话又响，"什么，明天下午街道开会？有没有搞错，我们明天下午有个活动，是书记批准的，所以，不要这样吓唬我，想扣什么，随你的便！"她愤愤然挂掉电话，"唉，我明白当官为啥经常换人了，因为当官实在太无聊了，老不敢说心里话……"

我发现追踪林燕子打电话，是一条便捷的线索。

她总是交代："有居民来大厅办事的，先翻翻底册，把信息填上，"然后把电话打给青年路口那家门面店，"我是林燕子，你们的店员换了没有？就是平时接电话的那个？"

古丽插话："查门面店都是闲的，今天查了，明天又换人了。"

"这就是动态，要把动态搞清楚，把流动人口的台账搞清楚……"

6月27号，和园一户居民的地下室，因自来水管断裂被淹，我们正在察看，林燕子被一个电话叫到街道开会，直到 3 点半，海萍接到林燕子的短信：刚散会，赶快，给我在对面小店要个拌面，加面。

海萍一念，大家全笑了，就她那种瘦麻秆，还一个拌面外加一个白皮面，真真饿成狗了。

这是新疆人一听就懂的社区生活。

她回来后，用特有的方式调侃："哎呀呀，现在去街道开会，是个高危的事情，知道为什么吗？张书记说着说着就停下来了，眼睛丢丢一转，提溜起一个社区书记，马上要求一口清，数据一口清，应知应会一口清，和园社区成立于2006年，2014年正式拆分，目前管辖区域1.85平方公里，服务人口4835户，11738人，有7个小区，89幢楼，358个单元，商业网点315个，11家企事业单位，2所幼儿园，1家酒店，物业公司3家，低保户11人，残疾人34人，高龄老人14人……我本来坐得好好的，喇，头发就竖起来了，再喇一下，耳朵根子烧起来了，我的个妈呀，吓死宝宝了……"

只要她在说话，我都会怀着趣味去听，与行政单位领导的枯燥讲话截然不同，林燕子爱说"社区工作，问题各种各样"，在强调某个问题的严重性时，口头禅是"不开玩笑的哦，必须必"。

譬如她在会上说："街道张书记拍桌子了，说，我刚来绿园路街道的时候，人口说的是7万。到了人大代表选举的时候，就成了3万，人呢，都去哪了？张书记一再一再要求，要对自己辖区的基本信息一口清，我们社区还没做到这一点，对自己的家底都不清楚，再用2个月的时间，大厅里除了值班的，全部下去入户，责任到人，今年冬天，就干这个事，干踏实了，这个，不开玩笑的哦，必须必……"

我与林燕子交流入户遇狗的经历，她说："我那次入户才可笑，本来是查出租户的，结果敲开了一户常住户，问得我大张嘴，'为啥光敲我们的门？''没有呀，我们是挨着敲的。'于是敲开了对门，一条大黄狗扑出来，我就给愣住了，'……啊，最近我们在投放老鼠药，注意安全，看好宠物'，出来后大家全都哗然，连我都佩服自己的应变能力。"

对于入户，以前以为，我们可能在管理制度的完备上有差距。可到了社区，发现我们的管理制度并不逊色，甚至还很完备。

在寻找国外社区经验时，看到这样的文字：

新加坡社区咨询委员会主席林焕章，指着一排租屋说，这些虽然都被主人出租了，但谁住在那里，我们都一清二楚。

为什么？因为凡是出租的，必须先到社区备案。

我们的社区也要求备案。但事实上，此备案非彼备案。

新加坡是社区议员，是不拿工资的志愿者，他们必须要保持家访状态，对每家每户的家长里短都如数家珍。

为什么要和社区居民保持如此熟悉的状态呢？

他一语道破：选举议员和社区领袖时，他们一人一票。

落实之干脆，执行之彻底，让人深思。

那天与马云值班，林燕子从外面进来，一看这个格局，就叫"马云，你出来，给你说点事"。我看着她，她羞涩一笑："嘿嘿，不让毛老师知道……"

大家便心领神会。社区与工作队就一些分工，会有些交织。

"羞涩"是林燕子身上可贵的存在方式，但底层实践，需要一种泼辣的标准"姿势"，不大存在其他的可能性，所以她这种与整个环境语境对立起来的"羞涩"，尤为珍贵。她对自己的性格命运洞若观火，"我就不是当官的料"，却仍然不得不领受着一切，或许有进路，却无退路。谁的生活不是一场不进则退的逆水行舟呢。

那天，微信上通知，今天晚上 8 点钟夜查，她一听就跳起来，"咋这么讨厌……"还没说完，就笑起来，"太好了，我正好今天夜班……"

一次值夜班时，遇到地震，她带着 8 岁的女儿，几乎是直接跳到了我的房间，"看，地震了，4 级，要是再震，我们去头上的卫生间，那里最安全……"

母亲节那天，社区举办了徒步活动，穿过滨湖河草坪时，见母亲与几个老太太散步，忽然发现，今天不仅是母亲节，还是我的母难日，于是擅离队伍，陪母亲散步去了。

不一会儿，林燕子来电："毛老师，我们大家都在跟居民合影，这是个母亲节的活动，以后这个照片要用呢！"

我说了原委，一家人在午饭时分，有人上门送来花束，卡片上一行字：母亲节快乐，生日快乐。

我回了一则短信：党的温暖通过你的手，送到了。

无论研究哪个群体，要找到它的领袖。找到这样一个人物，才能真正进入现场。领袖地位使她对正在发生的事观察得比他人清楚。林燕子的信息量远远大于普通成员，她的语言组织，逻辑表达，鲜活的基层方式，都与我见惯的单位体系全然有别。

林燕子是在干中思考的社区书记，很能发现问题："昌吉全市有 74 个社区，有的社区因为征地，全都被盖成广场了，但社区人员还保留着，社区干部每人只承包了几户。我们和园呢，每人承包几百户，我就觉得吧，上面应该在社区之间有个协调，有个调配，你说是不是？陈全国要求一年稳住，两年巩固，三年常态，干部不能常年不休息，有社区书记齐刷刷地辞职，惊动了组织部，这就是马斯洛的需求层次论。"

林燕子口口声声马斯洛需求层次论。

我写社区，不是因为比别人高明，而是一个学习的过程。回到家里，搜索马斯洛，原来，还有这么个家伙，他将人类基本需求由低到高分成五类：生理需求、安全需求、社交需求、尊重需求、自我实现需求，五种需要像阶梯从低到高，逐级递升。

通俗的理解是：一个人同时缺乏食物、安全、爱和尊重，通常对食物的需求最强烈，其他则显得不那么重要。只有从生理需要的控制下解放出来，才可能出现更高需要。

翻译成东方文化，就是丰子恺说的："人的生活可以分作三层：一是物质生活，二是精神生活，三是灵魂生活……'人生'就是这样的三层楼。懒得或无力走楼梯的，就住在第一层，在世间占大多数；其次，高兴走楼梯的，就爬上二层楼去玩玩，这是专心学术文艺的人，还有一种人脚力大，再爬上三层楼去，这就是宗教徒了。"

5月26号，是"环卫工人的一天"，大家早8点就集合在了和园门口，沿街捡拾垃圾。我跟在林燕子身后，有一搭没一搭地聊。

这个来自南疆阿克苏的女孩，记忆里有着上小学的时候，把家远的同学带回家蹭饭。母亲在那个需要粮票的时代，蒸出一笼大白馒头，将一个个半大的、饿着肚子的孩子管饱，母亲说:"等将来,也会有人这样对你。"

果然,在乌鲁木齐读大学时,林燕子第一次跟着同学的父母一起吃了肯德基:"我不知道世界上有那么好吃的东西,还有一个同学的妈妈带我吃过大盘鸡……

"我上的是新疆大学,学的是工商管理。在新大的四年,天天看一个室友吃辣子肉,那是最贵的一个菜,四块钱,我就使劲喝水。那时家家都没电话,我硬着头皮打电话回去,先打给场领导,等着,去叫我妈,弱弱地问一声,能不能每月多给我一百?结果,一顿,被我妈给骂直了……

"我是拿着会计证毕业的,在乡镇干,在街道干,在和园社区干,干宣传干事,纪检干部,组织干事,社区书记,至今都 17 年了……

"我大学毕业 24 岁,人家给我介绍个对象,人家没看上我,人家现在是副县级了,可惜我没有当官太太的命。为什么没看上?你看我现在都这样,那个年龄,更是疯疯癫癫不稳当,一副娃娃脾气。走仕途的人,哪能看上我这种傻丫头?

"就分到了乡政府,和我老公在一间办公室,他是团委书记,我那个时候不知道团委书记是个多大的官。我们两个相似的元素太多了,我爱蹦爱跳,他热爱各种球类,后来我挺着大肚子时,还跑到榆树沟去看他打比赛。他也说,我们两个都当不了官。"

爱情可以在任何时候任何地方,悄悄萌发。当爱情真正到来时,无法阻挡。

街道调任她到和园时,老公并不赞同。思量了几个月后,她还是来了,带着老公给她定下的"三千万":千万不要把社区的事情拿回家来说,千万不要把工作上的情绪拿回家来发泄,千万不要后悔自己的选择……

走出大学校园，林燕子完成了一个女孩子的巨大变化。女儿的诞生，让一个完整的家庭进入了轨道。她在陀螺般地运转中，女儿经常被锁在家里；出门时，她关掉煤气，关掉电，告诉女儿，插座的洞洞里有小老虎。

没有玩伴的自娱自乐，锻炼了女儿的耐力，学会了在一件事情中专注地寻找乐趣。晚上回家，林燕子惊讶地看见，女儿已经把积木堆到比自己还高。她试着与女儿一起堆积木，总是不到一半就哗哗哗地倒掉。

"小时候在阿克苏，我妈把我驮在自行车的后座上，结果，把脚搅到辐条里了，所以我现在特别容易崴脚。"

林燕子那个年龄段的中国孩子，大都有这样的经历，坐在爸爸飞鸽牌自行车的后座上，穿街走巷，时间长了，小脚丫会麻，直到搅进自行车的辐条中，被笨拙的爸爸手忙脚乱地送进医院……

难怪，她在救火一样的奔走中，脚步总是一踮一踮的。

"去年抗洪的时候，我半夜接到通知，不敢把孩子放在家里，一边崴着脚，一边抱着孩子，打不上车，马路直接就是一条河。最后老公来接我，一看我还抱着娃，一把夺过去：你带孩子来干什么？我都委屈死了，如今女儿在上舞蹈班，比我小时候强太多了，能穿公主裙，能翻跟头……"

"我的成长经历特别普通，没有什么大风大浪，上大学、毕业、就业、结婚、生孩子，到了现在，在社区能看到各种情况，经常就有头破血流的女人，紫红紫红的就跑来了，向我告状。"

"什么叫'紫红紫红的'？"

"被老公家暴，打的，涂了红药水，又涂紫药水，可吓人了。我一看，赶紧的，离！那天晚上，我做的梦都有颜色，紫红紫红的颜色……事实证明，我还是历练太少，再后来，她又紫红紫红的跑来，我就得履行职责了。没听说过吗，社区书记，摆平就是水平。我在社区的体会就是：珍惜现在的生活，珍惜我的老公、我的家庭，珍惜现有的一切。

"那次，街道的一个姐姐结婚，我们十个人合伙给她买了一套水晶家纺，2000 多块钱！我第一次知道有那么贵的家纺，差一点就扭头逃跑……

"还有一次，我大姑姐的女儿上大学，我们随礼了 2000 元，去他们家的路上我的心都滴血呢。那时还没有维稳费，那个月就干干地过。老公说，我姐你还不知道吗，等我们女儿……"

精疲力尽地回家，老公，那个曾经生龙活虎的篮球健将，如今已经从乡镇团委书记成为信访干部，整天自己一脑门子官司，立马朝她伸出三个指头。

林燕子嘀咕："连'猫盖屎'也不能说吗？"

那是一则趣闻：一次，在大江打扫居民楼道里的堆积物，林燕子喊着："谁家的狗，拉得到处都是！"门一开，人家探出头来："那不是我家的狗屎，楼上，有一只硕大的猫……"

林燕子急了："猫拉了屎会自己用土盖上，没听说过'猫盖屎'吗？"

林燕子被绿园路街道评为优秀党员，要求她自己写篇材料，她写道："林燕子就像一朵蒲公英，扎根社区，所到之处，撒播的都是爱。"得意地对老公说，"哇呀呀，我都被自己感动啦。"

丈夫调侃："行了行了，别自己夸自己了，早点睡吧，明天，还有一团麻等着你呢。"

一个基层的成功故事，从来都不是一个王子的故事，而是个麻雀变凤凰的故事。成功者的概念，从根本上就是一个平民概念，不是这个世界已经给了你优越，而是你要的那个东西得自己去争取。我正在努力，我需要努力，才达到这样一个目标，当然，还需要运气。

林燕子说："刚来和园社区，有 22 个女的，全是 40、50 人员，鸡飞狗跳地走到今天。这不，干了 17 年了，刚刚宣布给了我一个副科。昨天，我老公从清真寺值班回来，特别晚，我都还没顾上跟他说。"说到这里，她站起来，"来，毛老师，抱一个。"我拍着她的后背："太不容易了……"

"社区书记"，虽不在国家行政体系之列，实质上在代理国家权力在基层发挥作用，政策的落实、基层社会的维持，都依靠这些干部。社区书记级别低，责任大，所以朱镕基视察社区时，称之为"小巷总理"。

立体地感觉到金字塔的含义：社区，这个最为基础的载体，是政权在基层的延伸，是民众接受国家治理的方式。社区通过身边的事务，联系民众和政府，国家的意识形态、全民的法律规程、公民的行动准则，都由塔尖向社区不断倾泻、覆盖、渗透，构建起上承载传统，下链接基层的文化共同体。金字塔的稳定很少依赖其尖顶，这就是社区的意义。

11 月 9 号是社区一年工作考核的日子，对于社区工作人员来说，是个大日子，林燕子在微信群里要求大家，10 点准时到。

　　我准时到时，林燕子已经在打扫楼梯了，嘟囔地说着："今天又停水了……"

　　林燕子总能发现问题所在，以至于我以为所有的社区书记都是这个款：瘦长瘦长的，风风火火的，磕磕绊绊的。

　　也许，精英走一百步也与社会无关，但精英带领民众一起走一步，才是真正的进步。当社会运动失效时，社区改造的意义就突显出来了。

　　所有的社区故事，都是生活本身，滔滔不绝；而社区书记，无不是民间的燕子，扑啦啦地，飞入寻常百姓家。

沙默会

　　原来，社区是在单位体制之外，继续运行着的机构，因婆婆的诉求、妈妈的诉求，而与婆婆妈妈息息相关。

　　与几个女人，挤在统一配给社区的绿皮小青蛙车上，去参观高新区。大家调侃，陈斌斌忙到屁都夹不住了，海萍忙到经期都紊乱了。

　　我一到社区就有过疑问：一个地方的人们，大都知道政府、党委所在地，但你知道社区吗？知道你所在的社区在哪座楼里吗？知道那座楼里的社区人在怎样地工作吗？一年来，眼见得这样一个"麻雀虽小，五脏俱全"的机构在运转，经常看到林燕子急急火火地从楼道一头奔向另一头，救火一般。为什么，这么一个陀螺般旋转的机构，让这么多人付出巨大工作量的社区，与我的生活并不交集？

　　此时我又冒出那个疑问：社区这么忙，为什么我以前根本不知道它的存在呢？

　　别人一下子都哑然了，不知该如何回答我这么弱智的问题，只有沙默会干脆利落："那是因为，你不想占公家的便宜。"

我有点蒙："为什么我不想占公家的便宜？"

"你有工作，有稳定的收入，不用来社区办各种证明，领各种补贴。"

原来如此。

我从中获得了一种对比的目光，看到了形成的社会夹层，之间的张力，想起那个著名的理论：橄榄形社会，哑铃形社会。

社区，就是社区女人们所说的"各个口子"，它在行政上接受街道办事处领导，由街道办，传达县市级政府以及各科局的任务和指示。是国家政府落实政策，了解民情的最基层单位。

在办事大厅里，跟踪每个前来办事的居民，深入社区的五脏六腑：来办理社保卡的青年，办理高龄补贴的老人，办理低保的主妇，办理失业证的离异女人，办理贫困生助学基金的家长，办理独生子女费的父母，办理申请廉租房的打工者，办理准生证的孕妇，办理小孩医保的年轻父母……他们，大多是些基层的弱势群体。

——原来，社区是在单位体制之外，继续运行着的机构，因婆婆的诉求、妈妈的诉求，而与婆婆妈妈息息相关。

这天，海萍在电脑上填写着：社区餐饮油烟信息调查表（以社区为单位）。

我不解："这，不该是环保局的事吗？"

海萍笑笑："这就是我们不一样的地方，你们那叫单位，在我们这儿叫口子。你们在单位只干自己的事情，我们在社区，哪个单位都能把你揪起来用，所有的职能单位，都能给我们下达各个口子上的任务。卫生服务中心让我们发放糖丸，穿上白大褂就是护士；上街巡逻，穿上警服就是警察。服装是啥，我们就是啥……"

林燕子在喊："王彩霞，你手里是啥活？"

"人大的，人大代表选举名单。"

"张丽悦？"

"政协的。"

"黄艳云？"

"交通委的。"……

"成微微？"

"我填表格呢，昌吉市街道乡镇门牌号码登记表。"

"古丽？"

"填表呢，2016 年民模创建考核标准。"

古丽补上一句："我们就跟小姐一样，啥都干。"

沙默会递给我一张表格，她在填新生儿信息变更表，本小区居民生了多少个小孩，新生儿的出生率……这种变动不停的数据，需要时时更新，那工作起来何时是个头？

"看见没：材料不全，扣分；无照片，扣分；档案不全，扣分；信息没被采纳，扣分；无双语活动，扣分；无计划方案、措施，扣分，"她嘟嘟哝哝，"社区就是服务居民，搞那么多名堂干啥？"

说完又喊："完了完了，我又把表填错了！"

海萍说："我打你个脑子进水的。"

"唉，不是脑子进水了，是脑子不打弯了。"

"就是因为脑子进了水，才不打弯。"

"是因为不打弯了，咣当，才进的水……"

又有居民来社区办准生证了，她把属于自己的业务办完，叮嘱说："去，到卫生服务中心打预防针，到警务室开居住地证明……"

在社区，总有着一种大与小的参照。

我们的文化传统分为大传统和小传统：大传统由社会精英掌握，以文字记载确保传承；小传统是民众文化，以大量的口传来保持。

我感受着大小传统之间的落差，对他们的语言运用十分敏感，他们的互动方式，甚至服饰，都传达出某种社会信息。

社区有着小传统的语言底蕴，沙默会是个代表。

沙默会负责计生口子，柜台前，她在给一个中年男子办居住证。"我刚把老人接来住了，这是老人的身份证……"

古丽在为一对老年夫妇办理残疾证，查看各种复印件，户口本，说要到市残联去，为她办一张爱心卡，还有老年优待证。说着，只见老太太在脚底下，踢了老头一脚，老头的叙述便戛然而止，茫然以对。

他们搀扶着走下楼道，我问沙默会："刚才，老太太踢了老头一脚，你知道为什么吗？"

"还用问吗，怕说错了，办不上证，证就是钱。"

她行走于世俗规则，游刃有余，就像她的名字。她有着一个"默会知识"的体系，或者说"缄默的知识""内隐的知识"，那是一种眼光、一种鉴别力、一种趣味，或者说一种技巧，只在行动中被觉察、被意会，无法充分地向他人描述的、不可言传的个人知识。

她的生活经验是：妥协，从不挑起事端，凡是控制不了的事，想都不要去想。

基层生活，让人触及以前没碰到手边的一些主题：麻木、欺骗、死亡、落后、压抑……在社区，真正感到了理想主义与犬儒主义的区别：理想主义者认为，"通过我的工作，可以改变世界，创造出完全不同的东西，为世界带来正义"；犬儒主义者认为，"养家糊口就够了，能干成什么样就什么样"。

一年烟熏火燎的社区生活，不仅使我了解到他人，也显然更深入地了解了自己。以前不明白自己为什么不喜欢灰色，只偏爱新疆大面积的纯色，蓝天之蓝、黄沙之黄、白雪之白、黑戈壁之黑……看上去简单、纯粹、直接、热烈。来到社区才知道：黑在某些时候需要漂白，白在某些时候需要染黑，更有些时候，黑与白需要被搅在一起，而搅在一起的黑白，就变成了灰色。

雾霾是灰色的，犬儒也是灰色的。

隐身在大厅一角，关注更多的细节。

一个农民来办购车证明，沙默会问："你的购车资金是哪来的？"

"就写自筹吧，我不想贷款。"

她喊："印泥在谁那儿哪？这些尿，用完就不管了……"

一个三十来岁的女人来办独生子女证，站在沙默会的台前，沙默会说："办独生子女证，要村、乡、县三级公章……"

沙默会一边给她办理证件，一边聊天似的讲解政策："男的满 60 岁，女的满 55 岁的时候，可以一次性补助 3000 元；不是以家庭为单位，是男女各领 3000。若有伤残，还可以申请

3440 元的标准，你想好不生二胎了？"

"嗯。"

"那你戴的是环吗，还是啥？"

"避孕套。"

女人走了，沙默会转而笑道："昨天谁带老公去看医生了？"

大家"哗"笑了。

娃娃脸的王彩霞，不声不响，总被大家打趣。见她进来，沙默会说："你上次文胸的补水效果过期了吧，再来一次？"

那个故事，让我记住了社区人如何忙得脚不沾地：王彩霞性格绵柔，电话那头林燕子一边提着鞋子一边用免提对她大喊，"十分钟，马上到，不开玩笑，必须必……"

这边，下了夜班刚到家，换洗了的王彩霞，一把套上湿漉漉的文胸，一气儿赶到。姐妹们见状调侃，"没事没事，你就权当补水了吧"，满大厅的嬉声笑语，是她们自我平衡的方式。

沙默会说："听说你昨天又带老公去看医生了？"

哗，大厅里又笑得花枝乱颤。

故事的原版是，媳妇带着生殖器炎症的老公去医院。医生说，我给你开一点消炎的药吧。媳妇问，医生，能不能光消炎，不消肿？

这种笑话在社区里通行无阻。

王彩霞说："行了行了，光着屁股推磨，转着圈丢人。"

沙默会在电脑前，手忙着，嘴也不闲："海萍，我把自己的名字百度了一下，你猜，有多少个沙默会？"

"你闲不闲？"

"就因为我忙得屁不在腔里，才想知道，那些个叫沙默会的人，过成啥样？"

"各有各的造化，把自己管好就行，你真真是吃淡萝卜，操咸（闲）心。"

6月16号这天，一个年轻人来办二胎证明，沙默会一伸手："结婚证？"

"啊，还要结婚证？"

"废话，没有结婚证，我咋给你办婚育证明？你需要的东西多了，结婚证、身份证、你媳妇的身份证、户口，第一个孩子的出生证，还有女方单位出具的证明。"

基层的证明如此繁复，听得我晕，疑疑惑惑地问："结婚证没有法律效力吗？为什么还需要这么繁多的重复证明？"

沙默会说："结婚证不能证明你的婚育情况，办准生证，要先办婚育证明，证明你是初婚。昨天一个女的来，都两个孩子了，结婚证是今年领的。以前汉族的独生子女证、少数民族的父母光荣证，2016年之后，都不再办了，政策就是这样。"

说着，一个穿红色T恤的小伙子，满身汗渍地来咨询："我跟父母住在一起，又没有工作，现在要结婚了，能不能申请公租房？"

说着，一个时尚的女郎也来申请公租房，沙默会瞟了一眼："这个，得有收入证明？"

"我就是没有收入，才申请公租房的。"

时尚女郎五岁的儿子挤到柜台前，白色T恤上，一行黑体大字，沙默会不经意地读了出来："我妈超正。""扑哧"一声，大厅的人都笑了。

沙默会老到地说："像她这种情况，肯定是一拍脑袋，离婚，带着儿子走人，跟老公赌气的……"

又来个一家三口，给五岁的女孩开个复课证明，我一愣："妇科？"

"是复课，"妈妈解释，"孩子病了一段时间，现在痊愈了，证明是给幼儿园的。"

我还是纳闷，出院证明不行吗？

沙默会赌着气说："好像越扯皮就越负责一样，让老百姓跑断腿……"

低保的申请、保障房的申请，都有这个特点，程序烦琐，却未必严格。

那天在一楼大厅值班，去四楼的社区接杯水，遇上个骂骂咧咧的小伙子，手里拿着一沓证件，对着沙默会抱怨："就这么个糗事，跑了我几趟，这些手续对你们有用，对百姓呢，只是添麻烦……结婚证不就是证明吗？还要什么女方单位证明？老百姓办个事太难了……"

他一甩袖子，与我擦肩。

问沙默会："我错过了什么？"

"办准生证的，手续不全……哎呀行了哈，别再让我解释了，咣当咣当，一个上午吵得我，一个头十个大。"

一个四十来岁的儿媳，来为她 71 岁、因白血病去世的公公办理死亡证，说遗体已在殡仪馆了，但要社区出具正常死亡证明，才能火化。

沙默会问："这是什么时候的事？"

"刚刚，11 点 20 分。"

"家里几个孩子？都得签名才行。"

她叹一声："唉，社区就是这样，从生到死，都得管。"她给街道组织办打电话，"她把程序给走错了，应该第一时间先打120，那样的话，医院就会开，我们再根据120的出车单开死亡证明，盖社区的章，才能火化。可现在，老人家是病重出院后，死在家里的，咋办？好了好了，就不要再说去医院的话了，你说，我应该把人家往哪推？什么？他还没办出院，那就让医院开吧？"沙默会又打给州医院，"我是社区的……"

林燕子来了，三句两句就听明白了："我们只能出居住证明，实在没办法出正常死亡证明，要不然，你就再出一趟120？"

儿媳喊了起来："什么，人都死了，再打个120，再跑一趟殡仪馆？这不是让老百姓花冤枉钱吗？"

林燕子转身对沙默会说："那我们只能写个情况说明，不能写成证明，人家死在家里，我们又没看见，证明不了是不是正常死亡？"

周折半天，得到街道答复：死亡证明，以前是社区给开，但现在减负把这一项给减掉了，减掉后没协调好，还是给开，但分为两种，非正常死亡，由公安局开具，正常死亡，出了120的，医院出具，在家死亡的，由家属写个申请，得的什么病，在什么单位，以及病危通知单，死亡时间，所有家属对于死亡无异议，自己提出申请，开具证明，此证明仅限于火化。

死人的事情天天都会发生，这样一道常规程序，为什么如此不顺畅？

成微微在大厅里给沙默会打电话："书记说的，4点钟开会，你在哪呢？快点。"

那边传来沙默会喳喳的声音："瓜在地里长着呢，人在路上走着呢。"

成微微模拟一遍，大家哈哈一乐。

7月6号是开斋节，古丽打了一圈电话，让还能走得动的老人，来社区领取老龄津贴。

一会儿，来了个干干净净的回族老太太，一项白帕，老人说："接上电话，我坐6路车来的，封斋的呢，人乏的，楼也上不来……"

白帕老太太让我握着她瘦筋筋的手，签下了名字。

老人抓住一点点养老金，就像苍鹰紧紧抓住一根救命的枯枝。

古丽把钱给了她，送走了。

沙默会说："你仔细看，这个老婆婆，脸上有光泽呢，这就是信仰。有些个老太太，脸上迷迷瞪瞪的，哪个超市搞活动了，为了两毛钱的利，把公交车咣当咣当，从城东坐到城西。你看，在公交车上挤着的回族老太太，不多见吧？"

我诧异："为什么？"

"都在家里做礼拜呢，修身养性，为儿女子孙积德积福呢，哪有工夫去占那个便宜？……"

她意犹未尽："毛姐，你知道有信仰的人和没信仰的人，有啥区别吗？"

我伸长脖子等答案，她却卖关子。

"赶快！"

"有信仰的人，就像刚才那个老太太，成天在家里做五番乃麻子，咣当，骗自己；没信仰的人，就像那些没有底线的有毒食品，咣当，骗别人！你说，是骗自己好，还是骗别人好？"

我站起来给她鼓掌："太牛了你，歌德、康德、弗洛伊德——咣当，他们谁都没说出过这么精辟的话。"

"他们，哪个社区的？

"这个……据我所知，这些糟老头有的是常住户，有的是流动人口，你要是去他家入户，多半看见的是，他趴在书桌上，人畜无害的样子……

"多半一推门，咣当，也因为老人尿失禁，满房子的氨水味吧？"

大厅里又是哈哈的笑声。

曾经读过的那些纯理论的宗教作品多么纯白。任何东西都不是一种本质意义上的纯粹存在，而是在与其他东西的关系中，呈现出立意。沙默会的社区生活与她的宗教精神并不冲突，她的生活一会儿是神圣的，一会儿又很世俗，上网，逛街，无缝地连接在一起。

沙默会刚走，电话响了，古丽接上电话："办准生证的人不在……"

但这种情况，到了年底，就有了"一站式服务"的要求：对任何一个来办理的居民都不得推诿，不让老百姓多跑路。比如，有居民来办准生证了，沙默会不在，王彩霞就顶上来。它是一种被我看见的文明进程。

6月23号，今天的主题是在各个楼栋投放老鼠药，我们聚集在贝贝幼儿园门前。

古丽打趣："我们投的老鼠药，不是毒药，是绝精药，这样一来，沙默会都要忙死了，老鼠排队来找她离婚……"

我问："为什么是绝精药？"

"你脑子打铁呢，要是毒药，把宠物毒死了，业主不得找上门来，告死你？"

"那次我们在小区抓流浪狗，送到建委去。"

我诧异："为什么流浪狗要送到建委？他们会把流浪狗怎么样？"

沙默会沮丧："你的侧重点咋总跟人不一样，那么多为什么？管它为什么，让干啥就干啥，我就是这样，每天脖子抻得长长的，等着，让干啥就干啥。去，撕小广告去，我就去；去，入户去，我就去；去，街道开会去，我就去……悄悄干就是了，问啥问，你累不累，咣当，掰着尻子招风。"

"嗯？这又是什么意思？"

她扑哧笑了："跟你说话咋那么累，都没办法暗谎了。掰着尻子招风，就是没事找事，找着招风，找着抽风。"

我在社区从没觉出自己的知识积累有多大用场，反倒是觉出了极端地缺乏常识。

上次会议上林燕子提到："和园社区有个努尔尼萨，老伴早逝，四个孩子中，两个女儿离婚后带着外孙们回来住；小儿子是精神病患者，十几口子人的吃喝拉撒全靠大女儿女婿。所以，一有慰问扶贫活动，我都尽量安排去她家，每次去，老人总拉着手不放。今年年初，街道要求上报精准扶贫对象，第一个报的，还是她家……"

这是问题的 A 面，还有 B 面。

沙默会忙完案头，抬头问海萍："跟不跟我去帕哈提家送一桶清油？是民政局的节前慰问。就他一家。为啥就他一家？
这些制定政策的人不知道咋想的，让我们这些干活的人为难。
你说人家不符合政策也就罢了，已经享受低保政策的人，说明
人家具备条件，既然是慰问，所有的残疾人全都慰问，还让我
报上一家的名单，我报谁不报谁？到时候，人家找上门来质问
的是我，让我们干活的人咋说……"

"就说是上面要求的，我只是个办事员？"

"哎，知不知道，社区就是政府与群众之间的隔火墙，我
要是这样说，不成烧火了吗？"

我张口结舌。

她并没有寻求答案，只是抱怨一下："算屌算屌，干脆，
我自己掏钱，买上米面油，咣当咣当，一家家送，要不咋弄？
海萍，跟我去不？"

海萍吵吵道："不去不去，我自己的事还忙不完。"

"死豆子。"

"谁的坟头谁自己哭去。"

海萍在忙些什么？伸头一看，在填报汇总征兵的表格，统
计退役兵的数量，老是要算年龄，她满大厅地喊：这个人 1953
年出生，今年多大？谁帮我算一下，快！

成微微接上了："那是你的活。"

"我不是忙不过来嘛，书记？"

"别问我，我整天都被考试，烤得内酥外焦，不停地有人
考我，多少户，多少人，你还问我多少岁……"

边唠叨边抄表格的林燕子"扑哧"一声笑出来："这上面
有个人叫潘金新，我差点写成潘金莲……"

我像个间谍，匆匆记录下她们的语录、笑谈。

冷不防，沙默会端着杯子走到角落，瞥见我的飞天文字，大呼小叫："咣当，厉害了，我的姐，你会写维语？"

在满大厅女人的叽叽喳喳中，我的隐身被打破了。

"我就不明白了，这一天婆婆妈妈的，究竟有啥可写的？"

沙默会的口头禅是个象声词，"咣当"，其含义，像我给句子加上下画线，停顿，或者强调。

很具基层经验的她，瞧不起我们这些从单位来的弱智："就跟乌龟咬尾巴一样，咣当——脑残。"

她说："毛姐，你一天啥都不知道，光知道问我这个，问我那个，也不嫌我烦……"

我耸耸肩，做个羞愧的表情，她豪爽地大笑，那笑声，直接撞开了灵魂之门。

她们中午晚上都在外面小店吃饭，回家就在补觉，沙默会的话："我一回家，咣当，躺得展展的，一天把人累的……"

《劳动法》规定，每日工作时间不超过 8 小时，每周工作时间不超过 44 小时。因特殊原因需要延长，每日不超过 3 小时，每月不超过 36 小时。她们知道自己的加班超过了《劳动法》的规定。

但对于之前都经历过许多求职动荡的女人们来说，有个稳定的饭碗不易，虽然总是加班，也没有加班费，还是强过以前干过的那些地方。

我一厢情愿地认为，我们的关系是平等的，但沙默会认为，公益岗和在编岗，以及各自的维稳费，都构成了差异："你说，我们一年下来，干的一样的活，至少待遇一样吧，为什么同工不同酬？发综合治理奖时，我们公益岗是在编岗的一半，还不能有怨言，领导说了，不干就辞职……算了算了，不说了，各回各家，吃馍馍喝茶。"

夜班时，沙默会睡前洗漱后，在网上睐一眼，忽然喊起来："我知道我为啥胖了，原来有个加班肥啊？这一年我胖了十斤，上楼都喘，原来，工作有多累，人就有多饿……"

"想给我姐买套睡衣，也想给自己网购一条裙子。"女性的欲望，通过一种日常生活行为获得满足，那就是购物。

我发现，既要隐身，又要浮现，如果我一直采用隐身的、非参与的观察，很难获取信任。毕竟，很少有人会对一个局外人敞开心扉，需要和她们讨论一些生活趣事。

我确定那条很修身的裙子并不适合她："你适合宝宝衫，因为你胖得很匀称，很圆润。"

"啊，这样子啊！我有很多宝宝衫呢。"

"那说明你很了解自己啊。"

"可是，我想换一下风格……"

这简直就是那句诗：不变的，是求变的意志。

沙默会不在电脑上办业务的时候，就在打电话："你的生育服务证下来了，在社区，过来取吧。"

此刻，在与物业公司电话核实："上次辖区里爆裂的污水管道的长度，主管道是多长？1800米？你确定？"

一个孕妇进来，问沙默会："美女，在哪领准生证？"

"就在我这，你这么大的肚子了，咋不让老公来领？等生下了，是男是女，吭一声啊……"

昨天她带儿子过个"六一"节，今天，一边忙一边说给大家听："给他买了一件 T 恤，吃了一顿肯德基，花了一百多，回到家，咣当，展展地躺下了……"无论是花钱，还是花时间，在她来说都是很难得。

13 岁的儿子是个小帅哥，那次社区"五一"节搞了徒步活动，去玛河大峡谷，她的儿子一直跟着我走在队伍最前面，探路时，绳子断了，我们困在雨水的深潭里，冻得哆哆嗦嗦，他把最后一袋零食递给我。

我从中看到的是不同阶层的教育观。同样是小孩撞到桌子大哭，中国妈妈都会打桌子，无形中告诉孩子，责任在别人；国外的妈妈会把孩子带到桌子边：来，再走一次。车站上，外国人旅游的一家 3 口，爸爸背大包，妈妈背中包，小孩儿背小包；中国小孩没有一个身上背包。中日儿童野外生活训练营，日本小孩出门带蜡烛、手电筒、火柴、绳子、帐篷、棉被，分工合作完成任务；中国孩子带巧克力、饼干、可乐，吃完就坐在树底下，等着如何完成任务……

10 月 29 号那天，沙默会在走廊里见到我："下午我要召集一个会，发放独生子女补贴，失独家庭每年补助 4080 元，你参加吗？"

沙默会一个个地电话通知："下午我们要发放计划生育的奖扶和特扶，是计划生育的专项款，你来领一下，出门时带上独生子女证，带上身份证，不然不放你上来。"

她一趟趟从大厅到圆桌会议室，拿纸杯，泡茶："毛姐，尝一尝，我们的茉莉花茶，可香啦……"这是非常友好的表示了，因为要自己去二楼打水，再用电热壶烧开，再泡，"这是我的会议，我请来的客人，我待客的礼节。"要是社区的姐妹们来蹭，她会说去去去……

大家到齐了，沙默会俨然计划生育政策的代言人，认真地按手印、签字、领钱。

发现这些独生子女的父母有个共同点，单位破产，被兼并：有以前粮食局的职工，有开关厂的职工，有信用社的职工，信用社被兼并成了农商银行。

有个老人领完就走，头不抬，连个谢谢都不说。

沙默会"哼"了一声："他以为少生了，为国家做贡献了，给得还少了呢。"

5月10号，沙默会要去乾居园10号楼，调解一起纠纷。我追了上去："这种事情别人躲都躲不掉，你跟上干啥去？"

原来，是一对外地来的夫妻，要为一个房间换锁，要求社区和物业的人一起到现场，给作个证："他欠我三百多万，只抵押了这套房子，半年前已经归到我名下了，6月过的户，让户主住到了年底。我们是外地人，也不想要这个房子，现在我要卖掉它，倒逼对方起诉。"

说着，拿出了法律文书、房产证的原件："他们兄弟都是骗子，他弟弟是市政协委员，我们就是被他的头衔给骗惨了。"

物业打电话叫来了开锁人，开锁人说："应该有派出所的人在场，万一住户死在里面怎么办？"

事主说："屋里肯定是有人住的，你看，门上，我们昨天贴的告知书，被撕掉了。"

打电话给警务室，张警官说，这样的事不必出警。

门撬开了，餐桌上，放着几个西红柿，锅里，还有面汤，显然有人在这里过着日子。

我在暮色夕阳的 55 路车上，一直被这个念头占据着：他今天回来打不开门，会怎么办？

今天有一节课，由沙默会来讲解计划生育政策的业务流程，怎么办理生育服务证、准生证，以及需要的证件：双方的户口本、结婚证、两张照片，外省的要带房产证、户籍所在地的婚育证明……这一项要与行政单位、事业单位的综合治理奖挂钩。二孩政策，要按数量算，不能按胎算。行政事业单位的，退休后，多发 5% 的工资，享受终生，适合的人群是：破产企业、个体工商户、失业人员、改制企业的下岗职工……生二孩的时候，把独生子女证收回来。2016 年元旦后出生的孩子，不再办理独生子女证了，只办父母光荣证，不再奖励……

最近国家对计划生育政策进行了调整，放开二胎。每当政策上有大的动作，都会给社区带来大量的文件和手续业务，再经由他们的手，一项项地加以落实。

明天，王彩霞讲解社保口子的工作流程。

5 月，连着三天，大家集合在乾居园的双狮子路边，支起一张桌子，对居民宣传外墙保温的事。

与沙默会一组，挨家挨户敲门，口干舌燥地把同样的话说上百遍："这是政府在 2016 年的一项民心工程，惠民工程，政府补贴了大部分，每平方米出 80 元，自己只掏一少部分，每平方米掏 20 元，又环保……"

政策到了实施时，就好像石子扔进水面，各种涟漪，居民总是犹疑，签字同意的居民说："我签字没用，只要有一个人不签，这事就办不成……"

不同意签字的居民，理由各种各样：

先把门口的路修了；

先解决顶楼漏水的问题；

先把单元门口的灯装上；

草坪咋不管？

不做外墙，光做自来水、污水管网行不行？

还有的，不愿拆掉外墙上的瓷砖……

理解到林燕子的口头禅：问题各种各样。

沙默会气喘吁吁地上楼，开始说狠话："连三毛钱的物业费都不想出，20块一平方米的保温费都想不出，还想要优质服务，这些人天生就该住在什么地方？"

"不知道，该住在什么地方？"

她斩钉截铁："难民区。"

"你说的，可是巴勒斯坦难民营？"

"哪个难民营都行，就是别住到和园来。"

沙默会郁闷，从背后搂着我的肩："作家心里都是美好的东西，是不是？但现实是丑恶的，所以你到了社区就是个傻子，不，是二傻子……"

我本质上相信人本善，所以容易一副热心肠地爱上人们，等发现落差时，就在假定世界与真实世界间，来回碰壁，鼻青脸肿。后来发现犯了许多错误，有些曾反对我的，都是些很好的人。

我有个权且存疑的问题，也不好问她，她已经如此愤懑了：为什么按照一套房子的面积来计算，窗户、门也算面积吗？两头的户型怎么算？不是还有公摊吗？不能只算外墙的面积吗？如果能算得更切实一下，居民就不会有那么多的犹疑？

我们不缺好政策，惠民政策统统在基层，但，我们缺乏把好政策砸实了的执行力。

走在小巷，沙默会说，看见没，那个窗口，那家的母亲杀掉了吸毒的儿子。

我一听，就停了下来，凝视那个窗口。

所有了不起的故事都是关于看见，在这个新老小区并存的居住区，就像在大街上或市场那样，可以遇到各种各样的人，我愿意时时通过他人的眼睛看世界，顺着沙默会的指点：

13号楼一个4岁的孩子，从六楼摔下来，被晾衣绳接住了；

7号楼的女人赶去接受后轮胎压白线的驾驶处罚，死于撞车；

3号楼的女孩被电信诈骗了7000块，赶去报警，说是南方人干的；

2楼上的李老太太拆地补偿，一夜暴富；

8号楼的李强，往新婚妻子的脸上泼了硫酸；

9号楼那个黄老头的命运没人知道，只知道在滨湖河边找到他的大衣、包，还有一封信，听说不忍病痛，不想拖累孩子；

7号楼那个姓林的，才40多岁，死于癌症；

那个16岁的贼娃子，差点被路人打死在青年路口，被张警官救下；

一只加肥猫，被私家车撞断一条腿，跳到前面那个没盖的窨井里，结束了痛苦——你看，就那口窨井，现在插着树枝；

在丝路酒店抓住一个吸毒的，尿检阳性；

一个环卫工，在马路上被撞飞，让恰恰看见的古丽心有余悸，再也不敢松开儿子的手；

奶奶给了6岁的萌萌一块钱，开心地去买一只小雪糕，过街道时没朝两边看；

雷诺酒后伸手去抓一根并不存在的栏杆，纵身一跃，结束了他的婚姻；

李一凡是几号楼？最悲催了，第一天被骗了钱，第二天去和人打架，第三天把自己喝进了太平间；

一名电工，仅仅摔下凳子，恰巧碰到头，死得那么轻易；

去七小上学的郎朗被咬了，张警官带人抓住了那只野狗；

贝贝幼儿园门口，有人抛下一个女婴；

13号楼，一个患抑郁症的漂亮女人，穿一件长长的米色风衣，天天一早，拉着拉杆箱，假装出门，坐完几趟公交车，再回来……

我们怀抱着各自的问题散落在世上，任何人的生活都值得动情凝视。社区，以每个飘摇的个体，承载了一个"大数据"的时代。

而那些幸福的家庭在哪里呢？——幸福的家庭，都是相似的。走在一条社区的街巷，我看见了全世界的人与事。

女人，别哭

　　我是她身旁一个普通的写作者，与她的命运成为一个共同体。我们以相似的姿势，在自己的天空飞翔，以相似的姿势，从天空坠落，也以相似的姿势，在夜半哭泣。

　　在充斥着满大厅的琐碎中，一时无从下手，就观察她们的行动，把它像其他数据一样记录下来，以此明白社区的结构。尽可能按照她们的方式，待人接物，感受她们的思想和心理轨迹。在写作中，体验他人。

　　社区看似无聊，其实，像戈壁河床下的籽料，看你有没有一双识宝的慧眼。

　　海萍在她的电脑前给老年文艺队的彭队长打电话："郭叔，明天母亲节，你们文艺队能不能带去两个节目？好，好，还有，要自带观众啊……"

　　社区的女人们对居民都是叔叔阿姨地叫，又打给老年文艺队的王佑之："王叔，出个节目，我知道你不是掉链子的人，要不我也不打给你。还有，要自带观众啊……"

林燕子打给一个培训学校："母亲节前我们有个演出，赞助我们两个节目？就在桃园新城音乐喷泉那边，出个集体舞吧？全程义务啊……"

海萍负责社区内的各类统计工作，我问她究竟几个口子，海萍叹息："唉，我们一个人大大小小好几个口子，商铺、华侨、健身场所、教育机构等，还有团委、妇联、关工委、文化、老年、体协、司法普查……就跟跷跷板一样，这头下去，那头上来，要是应急的工作一来，就啥也不分了，给啥活就干啥活。"

知道我没有微信，一有好玩的消息，海萍就喊："毛姐快来看，屏幕上的文字很醒目：国务院关于延长 2017 年春节假期的通知。"

"啊？"

"你点呀，点开。"

一点开，一头老黄牛在吃草，上书一行字：想得美，赶快干活！

另外的一则微信上，画满各种箭头。这就是社区干部：各种响应，各种报表，各种调解，各种信息报送，各种领导检查，门岗，月督查，周清查……如果你有社区的朋友，马上请他吃饭，反正，他也来不了。

眼见得社区干部就是一个忙，我把眼光在"忙"字上停下来：左边是"心"，右边是"亡"，忙，就是心在逃亡，或心已死亡？

汉字真是象形字。

她说"谁让我是穷忙族呢"，她打开另一则微信：

早起的是社区的和捡破烂的

晚睡的是社区的和扫街道的

不能按时吃饭的是社区的和要饭的

担惊受怕的是社区的和贩毒的

加班的是社区的和摆地摊的

过节回不了家的是社区的和劳教的

请珍惜你身边街道社区的朋友

他们真的很不容易

值此 2016 年即将逝去的日子

送给正在上班辛勤工作的各位朋友

我们都辛苦了

还要振奋精神

大家撸起袖子加油干！

林燕子风风火火进来了："全市社区建设观摩，要在我们这里举办。"

每个人都放下手头的活："啥时候？"

"三天后。"

"还让不让人活了？"

林燕子喊完，在大家的嘘声中，背个黑色双肩包，又磕绊地走了。

海萍在电脑前，做着这个月的排班表。值班表一出来，总会各种换班，调班，各种按下葫芦起来瓢，她几次发脾气，不干了，谁来？

一对父子来到社区，他们在大江和谐园开洗车房，说是水管爆裂了。后来询问了自来水公司，说是所有权属于这个单元1到5楼的住户。他自己换了阀门，换了接头，一共花了500多元。先是报了警，警察让找物业，物业说，只能配合沟通。户主想让每户掏200元，适当地补偿一下："要不，我就关掉阀门，那是一条主管道，关掉可就谁也用不成水了，希望社区出个面？"

海萍对着来人絮叨："我们都是些不懂行的女人，去了，能把啥看出来？"

电教室里，在女人们的叽叽喳喳声中，听到海萍在说梦，"哎呀，我昨天晚上好不容易睡着了，做了个梦，说是我值班呢，有个人带着一包花椒粒，我没检查就让他进去了，结果，那个花椒粒里，全都装的是炸药，我一下子就给吓醒了……"

我无法对海萍的梦做解析，搜肠刮肚想到博尔赫斯的话，"上帝梦见了世界，就像莎士比亚梦见了他的戏剧"，而海萍，梦见了花椒粒。

我讪讪地说："你的梦做得很有水平。"

她笑了："只听说干工作有没有水平，还没听说过做梦有没有水平的。"

人总通过做梦，意识到自己的局限，在梦里，逃离实践的制约，避开严谨的社会准则，每个人睡着的时候都是艺术家，创造着自己都不知道该从哪下手的形象。

我的写作喜欢从个体入手，她就这样进入我的文学共和国：我的文学共和国没有政治、没有宗教、没有民族、没有性别，唯一的入境条件是，一颗愿意梦想的心。

尽管我们平凡，尽管我们在平凡中渴望着不平凡，尽管对不平凡的渴望如此平凡……

在桃园投放老鼠药时，一只报谎鸟，俗称滴滴水，轻盈地从我们面前的小路上跳开，追逐不上，造物主为它精心地设计了花纹，选择了颜色，给予它轻灵的速度，还给了它一个美丽的名字。

"小鸟总给人带来好心情，但为什么美丽的东西，不等你走近，就飞走了，而坏运气，像满地乱窜的老鼠、蛤蟆，总停在那里硌硬我？"

在社区，总是有一种淹没感，你干得很多，但成绩很少，资讯很杂，但智慧很少。让我庆幸能以智识思考为职业，给庸常的生活添一分额外的愉悦。谁说过，只有对于智者，生活才成为一件喜事。

她淡淡地说："我经常会觉得脚脖子疼，不知道是真疼，还是……我常常梦到脚脖子被夹住，夹得疼……"

半晌，又笑："可能是我们光给老鼠投放绝精药，老鼠急了，在报复我？"

日常生活是个鼠夹子，让你的逃逸和叛逆变得困难重重。

我把自己放到她的难处里，考虑问题，和她一样，觉出了被夹住的脚踝，在隐隐作痛。

她把电视剧当剧场，喜欢看那些吵吵闹闹的家庭剧，看的时候非常投入，不思考，不质疑，剧里的恩恩爱爱，代替了她的生活，她正设法让自己变得无我，仿佛被生活开除在外；不知道我把社区当剧场，把她的人生当剧场，我与她们的谈话，像这个剧场中的旁白。其间，既有剧场人物间的冲突，也有内心深处的呢喃。只是这场现实剧的剧中人，因自身的沉陷很难跳出这个圈子，无法对自身的命运做出更加宽广的思考。

升旗后的宣讲，应知应会的背诵，社区生活充满太多的政治理念，我想在官方叙事之外，寻求一种充满人性的声音。

如果不进驻这个社区，你将永远是个局外人。而要在社区建立起亲密的个人关系，就要投入大量时间和他们在一起。

值班，是个好时段，值班时的闲谈，能自由自在地表达自己的想法，会说出一些心底的话。我要做到在访谈时，不争论，不评论，只倾听。

今天是 1 月 29 号，大年初二，与海萍值班。

之前我没有问过她更为私人化的问题，如果愿意，她会自己说。

果然，她开始叙述："我是个单亲家庭，自己带孩子，已经四年了……前夫早都结婚生子了，自己心里还是过不去，所以，有来社区办理这类事情的居民，我就格外愤恨……那天，一个老爷子来告儿女不养，我给他女儿打电话，女儿说，老爹拿上钱找小姐了，我就忍不住把老爷子一顿训。还有个老爷子，和保姆搞在一起，最后被保姆讹，不但要钱还要房子，找到社区来了；我就说，你当初和一个有家的人搞在一起的时候，也没来问一下我们社区同不同意，现在来找，你可不可笑？"

我小心地问："那么会考虑再成家吗，再给自己一个机会？"

每个人的生活都值得细细品味，都有它的秘密、紧张刺激的事件，她给我讲了一个"压力山大"的故事。

"我是一个女儿，一个母亲，一个社工，一个上班族，得买菜，开家长会，加班……我一个人活成好几个人，觉得我的生活中，一切都是我在付出，我连自己都没有，怎么展望未来？真的有未来吗？未来是和儿子儿媳一起生活？我肯定不是个好婆婆，因为我是个好妈妈，我不可能把那么多角色都扮演好，我只有 31 岁……现在，社区两个字，等于顾不上家，谁会找个社区女人？谁有义务管你们娘俩？我和父母同住，没有自己的空间……前一阵子谈过一个，"她下意识地"唉"了一声，"是亲戚给介绍的，先是聊天、吃饭，当然也希望能走进彼此的人生，互相借力，我就是太累了……但只见了一面，他就要把那边的房子卖掉，单位辞掉，和我白头到老，还要到社区来送花。你想，社区这些女人知道了，不炸锅？我让他在楼底下等着，在对面吃个火锅。那天，火锅店里很冷清，可就是不来服务员，等着等着又和他没话，最后我就吼了一声，咋了，我们来吃饭不是顾客吗？不掏钱吗？吓得服务员赶忙来点餐，把他给惊着了。咦，你脾气还挺大的？咋了，就这脾气，看不惯？拉倒。"

"你为什么这样做？"

"万一过不好呢？是亲戚给介绍的，我咋说？压力山大，吃完那次火锅，就散了……现在，我都被磨得，牢骚都笑着发……在人前，我总是伪装自己，装到最后，连自己也骗了，儿子就是我的一切。"

明白了她为什么给八岁的儿子起名远航，真应了那句诗：生活不只是眼前的苟且，还有诗和远方。

每每说起琐碎生活中的无情，都如一根细细的针扎在指尖。生活有多个横截面，衣着庸常、身材走样、神情木然，以配角的身份活在主角的生活空间里。

她将自己内心里的惊涛骇浪与波澜不惊的社区生活表象，织成一张细密的网，许多看似无关的插曲，却彼此相连。

7月那个中午，海萍带着8岁的儿子远航，与我一起值班。最热的时候，她坚持让我带着远航去午休片刻。

我们便躺在女生宿舍里聊天：

"你有个很棒的妈妈，你知道吗？"

他茫然地望着我。

"我们大家都喜欢她。"

"……为什么？"

"因为，她很坚强。"

远航讷讷地："不，她……不坚强。"

"为什么这么说？"

"我听见她在半夜里，哭。"

我心里一抽，长时间无语。

"……你是个男子汉，要照顾妈妈。"

"我有照顾她，发烧的时候我给她倒水，拿药，可她答应给我买个篮球……"

"远航，长大了，你是想航海还是航天？"

"不知道……"

我给他讲个远航的故事："阿姆斯特朗说，妈妈，我想跳到月亮上去。妈妈说，记得回家的路……

远航半响之后，问："那，妈妈怎么办？"

用宝石之光形容一个八岁男孩的眼睛，简直是亵渎，宝石的光给人贪欲，这样一个孩子的眼睛，却让人心痛。

远航称自己是"温柔男"，与林燕子的女儿同班，"她是暴烈女"。

"为什么，温柔男打不过暴烈女？"

肉憨憨的远航一低头："如果她不告她妈妈的话……"

如果说，文学是发现角角落落里的人性闪光，那么，文字的光芒都是为了慰抚那些极易遭到伤害的生命。

沟通是美好的，大面积的，普世的沟通，看看他们的疼痛点在什么地方。

这些疲劳着的、穷忙着的女人，有着形形色色样貌的女人，幼从父嫁从夫，安顺敬神，形影暗淡地过着角落里的人生。她们被要求像男人们一样生活，而承担的，却是被男人抛弃掉的那个家……身为人母，不约而同地执着于灵魂爱欲孕生以及身份的撕裂。

起初，作为一个观察者，我走进一个个心灵暗地，但随着自己被社区所接受，我介入得太多，让自己陷了进去，从一个观察者，变成了一个参与者。

有时问自己，为什么要介入得那么深？我力图写社区的理由是什么？这些在我的内心里翻滚不已的疑问，被村上春树一语道破：写作，就是让个人灵魂的尊严浮现出来。

每个普通人都活在自身的心痛中。写出这种心痛，让读者从中看到自己的心痛，有所体认，那么，就算活过了。

我更感兴趣的是，一位普通女性在艰难生存状态下顽强生活，她们在平静的面貌下掩饰的困扰、残酷、痛苦、不适。在困顿的生活环境下，保持着对生活的勇气与美好，步步为营地把日子过好，拼尽全力地养家……

素材的积累多少是个够，知识的积累又多少是个够？我真正想要的是本能的对话，与最深层的人性的对话，与她们的灵魂同频共振，感受她们生活中的种种可能、种种不可能。

有了她们的生活感受，就把她们认为理所当然的事，也视作理所当然。一度没有了文学心态，只想办点儿什么实事，但又无能为力。

那一刻，我想把这部作品题词为，献给她们。

海萍说得最多的，是不能让儿子上各种班。她羡慕林燕子的父母替她承担了女儿上舞蹈班的学费，而她没有依靠，是一个焦虑着孩子输在起跑线上的母亲。其实，她焦虑的是自己陷在困境里，让孩子长成下一个焦虑自己。

没办法告诉她，人生不是一场与别人的竞赛，而只是自己的马拉松，只要坚定地跑完自己的全程。一旦说出来，很像心灵鸡汤。

万幸的是，她的孩子，生长在今天的世界，这个世界开放、多样、丰裕、富足，是被我们的童年热切渴望的，你只需爱他，努力工作，就给了孩子最好的教育。

海萍茫然："听上去很简单？"

丈夫的背叛让她成为一个离异女人，父母年迈，生活窘迫，让她纳闷："怎么到的这个地步！"

海萍必须遵守的范式：家庭是坐标，孩子是参数，工作是逻辑。传统教育总是要求女人贤惠持家，重丈夫，爱孩子，青春和生命在日复一日中从灶台、餐桌、摇篮边溜走，永无尽头。女人心中无处言说的积郁，日久成疾。也许，每个人在人生的犄角不得转身时，都免不了"悔不当初"。

她在言谈中流露出来的疼痛，使我怜惜。

我不会缩小人性，也不会放大痛苦，而是描述芸芸众生，这些人是我的邻居，我的同事，是多愁善感的单亲妈妈，是寻找爱情的青年……

我能用什么去关怀她们呢？只能是文学。只有文学，能对个体的生命加以关怀，于是，文学在这种关怀中，获得了它应有的担当和正义。

末了，我对海萍说，希望能听到她的后续故事，最好，是幸福的那种。

活着的意义是，看着另一个人的双眼，感受他的心痛，并希望与之分享。我常常记得远航那张圆乎乎的脸，眼神犹疑地对我说，妈妈不坚强，晚上，她会哭……蓦然回首，这些灯火阑珊处的女人，点亮了降临在我们身上的灵魂暗夜。

2016 年的日子是回不去的，我从细腻的女性视角出发，钟情于那些因为太平凡而被忽略的东西，希望她们最终找到人生的出口。

我是她身旁一个普通的写作者，与她的命运成为一个共同体。我们以相似的姿势，在自己的天空飞翔，以相似的姿势，从天空坠落，也以相似的姿势，在夜半哭泣。

回到嶙峋的现实哲学，突然冒出一句：女人，别哭。

成微微：你只是恰好在那里

　　爱，在于与他人共在。一个人与两个人共在，两个人与三个人共在，三个人与人民共在。

　　我在社区采取了两种采集方式：一是在人群里当一双眼睛，捕捉真实的瞬间，学习各种默会知识，置身文学之外、政治之外，在大厅一角选择背对的方式，也企图背对知识人的缺点与病理，去倾听；二是在值班的时间段里，以聊天的方式，面对，面对各种境况中真实的女性。

　　每次值班都是一次深度访谈，是一次次展开的人物志，我用笔紧紧追随口授者，对她们的日常生活、行为演进做细微的观察，观察不同家庭出身的她们身处情爱里的状态，身处日常生活中的自我呈现。

　　鲁迅说，无穷的远方，无数的人们，都和我有关，何况身边天天见面的女人。

　　在步步追随中，发现这个群体的人员构成、她们的命运故事、婚姻状况非常多样。在来到社区之前，她们都经历了更为曲折的人生道路，尝试过许多职业，最终会集在社区。对她们中的大部分人来说，来到社区是最好的归宿了。她们的命运，与社区融为一体，她们的生活虽然晦暗，但饱含着隐秘的光亮。我想让她们从庸常的世俗，走进文学世界中来，就是皮埃尔说的：写作就是把庸常的深渊变成神话的巅峰；我希望能像写作科普作品一样，写出一点道理，坚持一点常识。

我希望能立体地感受到她们面临的困境，爱，是打破孤独，跨越界限，是用一个生命与另一个生命，用心对话。

爱，在于与他人共在。一个人与两个人共在，两个人与三个人共在，三个人与人民共在。

和她们生活在这个世界不同的是，我只是造访了这个世界。但我一直希望，能把自我，移植于她们柔软的深处，再一次次刨出来，以她们的视角，面对支离破败的现实。

在离开社区后，我以最快的时间，回归一个写作者的身份，对十几本庞杂的笔记进行整理，像对山坡上一块巨大的岩石开始雕琢，让它慢慢地有了沙默会的轮廓，有了成微微的眉目，有了海萍的表情……

成微微抱着电话打了几天，挨家挨户通知居民来社区楼下的卫生服务中心做免费体检，并再次核实一下住户的家庭信息。

但对方多半不合作："凭什么给你我的身份证号、我的手机号，我咋知道你不是骗子？你有什么资格，你是执法机关吗？问那么细干啥？"

放下电话，成微微来了一句："我勒个去，他说我是骗子……"

我在入户时也遇到过这样的情况，敲开门，劈头盖脸："你是谁？工作队？我没见过你。新来的工作队？我咋知道你不是骗子？看我的身份证？有没有搞错，你进了我的家，应该我看你的身份证。"

"好吧，给你看，我的身份证。"

"身份证能证明你是好人吗？"

"那么，工作证？"

"工作证是真的假的？"

整个社会没有了信任作基础，我们每个人就都要为社会的失信，分担、分摊成本。这就是易卜生说的："每个人对于他所属的社会都负有责任，那个社会的弊病他也有一份。"

一个老太太问成微微，怎么为女儿女婿办理无犯罪证明？

成微微一指走廊尽头："去那边，在警务室开证明。"

感觉这种排除法，社会成本过大，成本下移，利益上位，之间有着巨大的张力。

继续追踪成微微。

她是个综治干事，负责着综治口子，对口单位是安监局、消防队、信访局，负责排查管区内居民安全隐患，有居民上访时，配合信访部门了解情况。

她不言不语，大大的眼睛，明明带着几分忧郁，但脸上又时不时漾起一抹幸福，仿佛与周围的事物相游离，又仿佛沉陷其中，自享情趣。

"一天，装着七万元公款的包，带子断了，幸亏我一下觉得轻了，一回头，包就在几步开外。我全家扎起脖子，不吃不喝，得赔上几年的工资啊……"

我在成微微身上，观察和园社区里的成员，如何互动。

听林燕子聊天时说过："街道上给我说，给你们社区分去了一个老到人。我一听就愁，刚来的时候二十几个女人，鸡飞狗跳的，刚刚组阁好，再别给我老到人了。结果，来的是成微微。"

我便存了一个疑问，为什么成微微会让人家说是一个老到人？

9月12号，与成微微一起值班。那天是古尔邦节，街道上的饭店都没开门，回家过节去了。我俩离开街面，去了小区深处，找到一家牛肉面馆，她给林燕子带份牛筋面。其间，我听到了她的故事。

这是个"有女嫁低门，有儿娶贫寒"的民间故事。

"我跟妈妈最亲，妈妈是军区医院的护士，和我爸爸结婚时，爸爸已经是连长了，在军分区大院结的婚。一个哥哥在海南当舰长，一个哥哥在澳大利亚定居。因为选择了一个不被父母看好的婚姻，我成为全家的叛徒，妈妈是唯一没有指责我的港湾。"

去年，这个家庭最沉重的打击来到了，妈妈去世。

她上的是军校，毕业后到过人事局，到过社保局，最后分流到社区。

那是她第一次听说社区，根本不知道社区是干什么的。

我小心地问："在你人生的重大节点上，父亲参与过意见了吗？"

"没听，结婚没听他的，工作没听他的，所以他很生气。他坚决不让我找地方上的，说军婚可靠，介绍了很多军官，我根本不见。

"不知道为什么，就是不喜欢那样的大阵势。那时，一墙之隔，这边是生活区，那边是工作区。我四个月见不到爸爸，常常趴在墙头上看爸爸出操。到现在，我们父女间都有不能消除的隔膜，我只想过小日子……直到妈妈去世，哥哥们不在身边，我才接爸来跟我住一阵子，但他也不习惯，看病什么的都不方便……"

"父亲现在与你的家人处得怎么样？"

"我爸现在挺喜欢他的，虽然当时闹得很僵。有一年春节，我妈说，你把他带回来吧，不管你爸。我就带回去了，我爸也没再赶我们出来。"

她承认自己的人生缺少了指导，"到现在，我很少跟爸提工作，一提起工作上的事我爸就生气……我只是想要一个小小的家，不被打扰，天天有家人陪我。"

"现在，你做到了。"

昨夜 12 点，街道办公室给成微微发了个微信，要她通知林燕子次日一早 10 点去街道开会。成微微看时间太晚了，不便打电话，就把微信转给了林燕子。结果林燕子没有看到，被扣了一个月的维稳费。那笔钱，对任何一个社区女人都不是小事。

林燕子从街道上挨完批回来，疲惫地揉着眼睛："唉，晚上睡觉是充电，白天上班是放电，可我晚上只充了百分之五十，白天却要放百分之百，五脏六腑都像是借来的。会上说了，不想干就打报告，不过夜就给你批，让开，让想干的人来干……"

成微微怯怯地上前解释："我以为你睡了，就没打电话，怕打扰。"

林燕子气恼："你想多了。我开会开到 11 点半……我从新大毕业快 20 年了，在乡镇社区干了 17 年了，现在连个副科都不是，我不比别人多拿一分钱……结果，扣的是我，就整我一个人吗？你要是想让我死，就直接说……"

在社区，能更清楚地看到，群体对于个体的压力，通过社会结构中人与人之间的关系，呈现出来。她们有自己的游戏规则，谁打破了，会受到某种惩罚，有些行为合法，却不符合公认的潜规则。

社区没设副书记，很多会都要求书记去开，在我写作时的2017年6月25日，《人民日报》刊发了一篇蹲点手记《扶贫干部少些文山会海》：镇里的政法委副书记去年开了280多场会，平均一个工作日超过一个会，镇里到县城有两小时车程……不少会重复开。上面出台一个文件、部署一项工作，电视电话会议开到县级，接下来省、市、县结合实际贯彻落实，分别召开贯彻落实的会议，算下来，基层干部同一主题的会要开四遍。

林燕子也是这样。缺乏睡眠的领导不易鼓舞人心：领导们的时间表往往排得满，以牺牲睡眠为代价，以放弃工作质量来获取更大的工作数量。这在领导力上同样适用，较差的睡眠质量会增加他第二天表现成混蛋的可能，反过来会降低团队的投入程度。有魅力的领导力如硬币的两面：领导和追随者。常微笑的领导更倾向于拥有快乐而振奋的团队，缺乏睡眠的领导更缺乏魅力，缺乏睡眠的下属更加暴躁。

再次上班时，空荡荡的大厅里，成微微独坐。

我过去，安静地陪她坐一会。

半晌，她说了句"谢谢"，开始断断续续地叙述：

"我知道社区女人多，口舌多，所以，你也看到了，我平时是不说话的。我知道她压力大，但她不能说'你要是想让我死，就直接说'……两年了，我是怎样的人，她又不是不知道，这么累也就罢了，干得舒畅也行，以后，我还怎么在这里干？……"

基层的潜规则是，人们都趋向与群体保持一致。这是个再常见不过的社会学概念：从众。出于安全需要，与大部分人保持一致。

底层，因为缺乏空间，大家很难得用发展的眼光看人、看事。没有空间，意味着几乎是近身肉搏。人们实际上无法区分友谊。友谊不是一根标杆，大家会因为要规避一些利益的损失，使自己时时处于权衡之中，不愿暴露出个体的力量，无一例外地选择从众。

中国人的社交关系都会敏锐地维持平衡。茫茫人海，芸芸众生，在儒家的层层关系网中，当你与某人关系好的时候，会开心、会充满活力；与某人关系恶劣时，会难过、沮丧、悲伤。问题是，与周遭人关系的好坏并不由自己掌控。

有个牧师的故事：几年前，有个女人来听道。我问，你如何找到这里呢？她说，说来话长。我说，愿洗耳恭听。她说，我搞砸了，以为会失去工作，但主管却告诉他的上司，是他的过失，他没讲清楚。我工作多年，见过许多主管把功劳占为己有，这在职场经常发生。第一次遇到为我承担过失的主管。我想知道是什么原因。他说，我是个基督徒，耶稣承担了我的过失。

在这个世界，对工作的诅咒就是，我们的工作会经常不结果子。因为我们自身能力有限，我们对成果的期望高于实际。

为什么长时间找不到工作会痛苦？因为，工作是我们的天然倾向，是我们受造的目的，否则无法获得快乐而有意义的人生。

她含泪，默默地看我。

如果，你觉得别人没有担当你的错，你不妨去担当别人的错？

林燕子说，今年的重点工作是推进民族团结。我想，宗教里有那么多可以减轻人世负担的东西，比如，对于工作含义的阐述，仿佛只一下子，自己肩上的担子就轻了些许，为什么偏偏要去走极端，加重我们在世间的羁绊呢？

把喜欢的几句诗，读给她：

我们之中早晚有人会明白
我不是故意对你如此糟糕
你不要感觉这只是针对你
你只是恰好在那儿，就是这样……

她终于说话了："我以为，诗就是华丽的词，这个诗，咋这么，宽人的心……"

这个纠结到没有余地的人，说诗歌能宽人的心。也许，这就是诗歌的价值。

她脸上有了一丝笑："我刚刚情绪低落，给老公打电话，只喂了一声，他就知道我今天遇到事了，问，你咋了？我眼泪就下来了，我给他说了，他说，那咱不干了，回家来，我养你……他越这么说，我越不能把养家的责任全推给他，也不能说完全不为了钱，我老公做生意，生意嘛，总是时好时坏，我的工资虽然不多，也是一份保障……每次看到其他姐妹加班时，孩子没人带，担心得要死，就特别感谢公公婆婆，他们都对我很好，这么忙这么累，我一回家就蹭吃蹭喝……"

她顿一顿："就我混得不好，军校的同学来了，战友来了，我虽然拮据，但买了旅行社的票，送他们去喀纳斯了，结果，哈哈，一个个被冻回来了……"

希望她一生幸福的父母，冥冥中却给她取了一个微小的名字。而她，恰恰喜欢小日子。

在社区女人里，倔强的成微微是个例外，她的故事里有大与小、家与国、虚与实，但她们一个个，都选择了爱。

在社区的随俗中，有一个巨大的秘诀，那就是保持乐观，保持正面思维。

"希望你不要因为一点口角，记住今天，如果摆脱不了坏事，就用好事去盖过它。"

打开微信，她的眼睛亮了："女儿14岁，成绩很好，这是她的画……"

也许，我们所做的一切只是逃避命运，逃避的结果却是向注定的命运更靠近一步，最后被微不足道的生活抛在身后，但，仍请你心怀希望。

给她一把吉他

　　无论你是寻找白马，还是枣红马，都是在寻找自己别样的弹唱。

　　5月10号，是个周二。一到社区，林燕子在喊："大家来认识一下，我们来了两个新同事，这个是美女安晴儿，那个是帅哥陈斌斌。"

　　"美女安晴儿"，一下子照亮了大厅。

　　一件大花朵的丝绸外搭，刚刚遮住一条短短的牛仔裤，青春靓丽，干净挺拔，形成一个青春的磁场。

　　安晴儿的姣好形象，一来就成为和园社区"蒲公英草根宣讲队"的宣讲员。

　　我问："宣讲队为什么叫蒲公英？"

　　林燕子对这个问题回答起来像豆子，蹦得脆生生："蒲公英的传播速度是最快的，最有大众性，它是一个象征——确保新疆长治久安，依靠的是一个长城——是什么？群众。我们要面对面宣讲民族团结……"

　　安晴儿明眸皓齿的大眼睛里，忽闪的满是疑问，仿佛藏着一样东西：寻找。

安晴儿还负责了什么口子吗？

很快，林燕子在会上说了，昌吉市今年创建全国文明城市，卫生是个老大难。爱国卫生，每每从年头说到年尾，都是个瓶颈。现在是属地管理，什么叫属地管理？就是说，有一只老鼠，从景城社区跑到了和园社区，那就是和园不达标……

这个"瓶颈"，落在新人安晴儿肩上，作为卫生专干，负责那些无物业管理的居民区的卫生。

这个新来的女孩，去年在乡镇干了一年的村官，我问："在村里和在社区，有什么区别吗？"

"在村里，一把子全抓，什么都是我。到社区有了分工，我现在只抓卫生，做宣讲员。"

安晴儿单薄得像片柳叶子，却自称吃货。夏天，打扫卫生时，一到饭店就听见她说"快点，快点，姐姐们，我快饿成狗了"；冬天，每次扫雪督雪，她也在喊"快点，快点，姐姐们，我快冻成狗了"。

7月7号那天，她在台上演讲"把昌吉建成花儿般的城市"，和"饿成狗"的形象一比，她干这个更得心应手。

安晴儿的穿衣戴帽，在社区大厅里成为话题。

沙默会在说："把你那个大腿晾得干啥。"

安晴儿委屈："你看，短牛仔裤里面，还有一层安全裤呢。"

"行了行了，还不是晾着？"

她求助地看我，我问："你穿这个舒服吗？"

"当然，天这么热。"

"你这样穿妨碍别人吗？"

"没有吧……在我的身上穿着，怎么会妨碍别人？"

"那就没毛病。我们这都发声亮剑呢，你的青春、你的美丽、你的正能量，为什么不能亮出来？"

安晴儿一蹦子跳过来，搂着我："爱死你，爱死你。"

安晴儿开始愿意与我聊理想了，想开一家旅行社当导游，或者开个健身馆当瑜伽教练……

2016 年的最后一天，我值班时，安晴儿从楼上下来，含着泪："海萍姐说，我来社区才几个月，不给我 5 天的年休假，哎呀，有没有搞错，我在街道上已经干了一年了，难道不算数吗？还有，一个月前的事了，让我去福建学习，晚回来了两天，被逮住，非让我写个情况说明，脸大的，这种话都说得出？要只是个情况说明也就罢了，真让我补两天工作日。我就好好跟她扯一扯，上次让我去木垒宣讲，为了演讲稿，几个晚上加班到半夜，也没休，我也就忍了……回去问我哥，咋回事？我哥说，社区都是大妈，你在社区太跳了……那天，我正被书记训，一个追逐者的电话打进来了，我就没好气，你要是真想认识我，就来一趟，别总是微信电话地骚扰。我当着林燕子的面，挂了电话。"

生怕这个娇娇女，转瞬变悍妇。但她马上又喜形于色："我昨天去了乌鲁木齐，买了把吉他，我一直都想买把吉他，吉他对我格外有含义。昨天我在东方广场，遇到一个骑行了 30 多个城市的歌手，每到一个城市，都在市中心唱歌，弹着一把吉他。我听了好一阵子他的歌，然后，让他住在我们的旅店里。姐，保密哦，我和几个朋友凑钱开了个旅社，让他免费住了两天。昨天，他陪我去买了把吉他，他在我的视频里，你看，一头长发，有种沧桑感，像个浪人……我家人给我打电话说，别被骗了……"

安晴儿兴致高涨起来："姐，下次跟你值班的时候，我给你讲我的奇台故事，是黑白的那种……"

很快，我们又在一起值班了。

小时候，我最先认识的两个字是"商店"，我爸妈开着一个小商店，里面有花花绿绿的棒棒糖、蔬菜、瓜果、百货，什么都卖，尤其是内地来的玩具特俏，进货去晚了就抢不到。所以我每天会被妈妈连人带被子抱起来，放在平板三轮车上，去给商店补货，我会被颠醒，一睁眼就看见星星，我就颠呀颠的，数着星星。

到了提货点，是两排简陋的平房，但是很亲切。不一会，熙熙攘攘来提货的人都走了，简陋的平房冷清下来，这时，包子店却热闹起来了。那家包子铺的包子，皮薄、馅大，韭菜羊肉馅的最好吃，我一大早吃了包子，就一天都高兴。人们在里面坐着，说着豪爽的土话、笑话，我都听不懂，却因为他们的开心而开心着……包子铺的老板胖乎乎的，人特别好，他的儿子是个小帅哥，我喜欢帅的男孩，但他高中时得了心脏肌瘤，死了……

我心里惊呼，简直一部《城南旧事》。

我从小就是个吃货。在奇台犁铧尖，有好吃的雪花凉、凉皮、烤肉。在县城北，小吃有黄面烤肉、雪花凉、冰激凌、擀面皮、丁丁炒面……

爸妈的生意更忙了，每天给点钱，我在外面吃饭。小时候一直没有玩伴，没上过幼儿园，没有太多与同龄人相处的机会，跟着父母到处行走，让我觉得好寂寞。那时，已不想给父母倾诉了，会偷偷看哪个男生帅呀。

胖乎乎的包子铺老板的儿子，大我两届，我高一，他高三，我们都在奇台二中。他特别白皙，特别阳光，我想没有一个女孩会拒绝他。一下课，我们都在抢乒乓球案子，他本来喜欢打篮球，但后来总来看我打乒乓球。你想啊，一个帅哥，就那么一杵，在一边看我打球，我觉得心里美美的。

我们走同一条路上学，路很宽，两排平房，有阳光，有白杨树，他或者走在我前面，或者走在我后面。我知道他喜欢我，我没接受，也没拒绝。只是喜欢有他陪我上学下学的那种感觉，远远地，欣赏着。那是我第一次，有一点淡淡的恋情，有一丢丢的喜欢。

有一次，他在打篮球时摔倒了，没爬起来，送到医院一查，就开始做化疗了。

我去医院看他时，他躺在床上，戴着帽子。他妈妈说，斌斌的日子不多了，想见你一下，你多陪陪他吧。

等一起来的几个同学走了，我对他说，取掉帽子吧，热得很。他很听话，取下帽子，头发全没了，他并没有表现出对死亡的恐惧，十几岁的孩子，还是乐呵呵的。他拉着我的手说着话，我现在是不是很丑？

那是第一次，我在众目睽睽之下，守着个男生过了一晚。

我妈当然坚决不同意。我说，他都不行了，他爸妈都在，我很安全，就把他陪到早晨，我就去上课。

我们聊，等病好了到哪里去呀之类的。

他喜欢吉他，时不时弹上两下，病房就充满了生命力。

从那个时候开始，吉他仿佛成为我的一个符号，一个什么样的符号呢，我还不太清楚。

两周后，我带了好吃的来看他。他嫂子说，斌斌已经走了，昨夜的事。

蹊跷的是，就在他离去的时候，他的嫂子刚刚生了个儿子。

我送别了懵懵懂懂的初恋，送别了懵懵懂懂的死亡，也送别了生命中的第一把吉他。

我一直是个迟到大王，爱睡懒觉，爱赖床，等一骨碌爬起来，刷牙，洗脸，骑上我心爱的红色山地车，以百米冲刺的速度，狂飙到一家肉夹馍店，一个脚点地，"老板，来一个"，热乎乎地塞进书包，再飙上 40 米，就到了学校门口。

远远看见班主任："咋又迟到了？"他露出四环素牙，黄黄的，但人挺好。我知道自己长得稀罕，俏俏地来一句，只要踩着铃声进教室，就不算迟到。

没办法，美丽是一张通行证。

他说，去，做 50 个俯卧撑！

那段时间，我几乎每天被他逼着做俯卧撑，都是杀鸡给同学看，最多时做 20 个，但不标准。

他站在门口，一闻，肉夹馍？去，站一边吃掉再进教室，别影响别人。

有一次迟到 20 分钟，他拿尺子打了我，手肿了很高，我哭了，一天都低着头。到晚自习时，被他叫到门口，又露出四环素牙，笑得很好看："不然，我这个班主任咋当？"

刘老师是我印象最深刻的老师。

我初中就是全校的领操员，跳远、跳高，都拿过很多第一，所以我上高中是免试的，到了高中，依然在主席台上担当领操员。

高一时，班上来了个复读的男生，当了我的同桌。你想我是领操员，平时很注意形象的，第一眼见到他，打完篮球，一身的汗，露着黑腿，往我身边一坐，块大，脚臭，还当着我的面脱袜子，脱护膝。我都嫌弃死了，就冷冷地看他，心想，肯定学习差，要不，咋从木垒转来复读？

他，就是后来我的师父。

那时隔壁班一个男生，总给我写情诗，送饮料。自从来了这个块大的邻桌，他总是问，你抽屉里的饮料咋不喝，那我喝吧。他就一边喝着人家的饮料，一边评价着人家的情诗：嗨，这个厖，肯定是抄的。

他数学好，教我，教得多了，他就说，你初中时体育那么好，咋不打篮球呢？

就因为他一直教我数学，教我打球，所以我叫他师父。

其实，那是他的一个阴谋，他想把我带到篮球场上去，那是唯一一个男女生在一起，不会被老师骂的地方。

我的投球姿势好，第一次被教练看到，就轻轻松松收了我，我每天早晨跟着练，他知道我爱迟到，天天一早就打电话。

我一到球场，就会找他的身影。

女篮的人都五大三粗的，嫉恨我小巧，会把球恰好砸在我的脸上。他去跟教练私下说些什么，以后，我的脸就不再被砸。

我们相约一起去吃早餐，他去打包子、倒奶茶、盛稀饭，我就在那里，理理一次性的筷子。

第一节课后，他会塞给我两个砸好的核桃，第二节课后，是葱花饼，到了下午，再一块去一家烤包子店里。他那么一个大大咧咧的男孩，对别人特别凶，却把水果削皮，鸡蛋去皮，递给我，感觉挺美的，然后我回家，他住校。

再后来，就有点离不开他了，一直在接受他的陪伴。大家都以为我们在谈恋爱，其实，手都没牵过，但多了个哥哥一般的他，我从小就有的那种孤独感消失了。下楼时，哪怕在楼梯上还隔着几个人，只要知道他在那，那种感觉，就像巧克力融化在舌尖，一种喜悦。

每个周五下午，是我最喜欢的篮球时光。阳光下的球场，生龙活虎，绿油油的树叶，反射着阳光，喇叭里响着周杰伦的歌，他带着一个全校领操的女孩，在投篮，温度正好，阳光正好，心情正好，氛围正好。一群年轻人，对感情懵懵懂懂的……

可笑的是，每次我领完操，他就第一个冲过来，站在我身背，狠狠地瞪着那些企图来搭讪的男生。这是他后来告诉我的。

我来号的时候，会肚子疼，他一米八的块头，眼一瞅就看见我在捂肚子，他会打一瓶热水，一个个地传递给我，等传到我的手了，我就焐在肚子上。他打起篮球来，霸气压人，没人敢嫉恨我。

他用红绳子，给我编织过一个脚链。可笑吧，那么一个大男生，干这种事情。我们谁都没点明，只是调侃："咋了，要把我绑住吗？"

那根红绳子，绑了我很多年。

他买过一条金鱼，我特别珍惜，结果，"唉，你这个傻丫头，两三天喂一次就行了，结果，让你给撑死了。"

我们一起就把它埋在了外教楼那边，那是全校最漂亮的地方。

凡是他给我的东西，我都保留着。我过生日时，他送的两条有彩色手印的内裤，好可爱。我存得胆战心惊，生怕被姐姐翻到。他写给我的作业题，都七八年了，还是新崭崭的，这些，他根本不知道……

我后来也因为不走读，住校了，那床羽绒被，是我刚住校的时候，自己不会打理，他来帮我铺床，他妈上午给他买的，晚上就铺在了我的床上；那时流行黄金搭档，他妈妈来看他时买的，全让我吃了……

每次跟他分手回宿舍，都很不舍，这些年我对人的各种挑剔，都是被他宠的。

那时我们已经很铁了，直到有一次吵架，他放下暖瓶就走了，平常他都是跳着回去的，但那天含着眼泪，那么宠我的人，第二天没来找我，我觉得整个学校都是空的。那天大雾，大雾中，我那种孤独感又回来了。

班上的一个男生见了我，问："你俩咋了，他在操场那边哭得特别大声。"我一听，也难受，又绷了一天，他绷不住，来找我了。

他是体育生，去兰州参加过一次考试，给我买了件连帽的棒球服，三道红，我穿着那件跟他照了合照。那时候合张影，是一种不可言说的承诺。

命运的分水岭来了，那就是高考。他父母来奇台待了三天，帮他填志愿，我姐帮我填志愿，那段时间，我很想他。

临别的一幕，在奇台一中的后门。

奇台的阳光总是那么好，我站在马路牙子上："明天我就走了。"

他踟蹰地说："好。"

我买了个杯子，送他，他接过杯子："一辈子吗？"

他想吻我，我头一低，蹭到了他的肩头，彼此都很害羞。

高考是件很大的事情，在上大学，还是和我在一起的问题上，我们不是自己选择的，是命运把人逼进了窄路，该做这，该做那，都只能听父母的。

他报考了体校，而不是我们约好的大学，父母也是怕他考不上，以他的成绩来说，的确很悬。结果他考到了伊犁师范，我考到了长沙大学。

总之，为了将来，我们异地了。

大学期间，我们的电话卡用得特别快，他总是为我省钱，每晚打半个小时，最后他也扛不住了，办了情侣卡，他一个人交两张卡的话费。

他总是给我寄来特别喜欢吃的吊死干、葡萄干，我煮粥时放一点在里面。室友们都很羡慕，一起和我分享，我就和她们关系也很好。

毕业季那年，都快熬出头了，就在我英语考四级的前夜，我在操场上，等电话。电话来了，那个操场上的电话，打断了一切。

他说："晴儿，我们散了吧。"

晴天霹雳，我蒙了，又哭又喊。

我一脸憔悴回到宿舍，因为挥刀断情而苦大仇深，筋疲力尽，一直在心里喊叫着，为什么，为什么，为什么……哭到凌晨的5点，第二天没去考试。

其实我知道为什么，异地，异地真的很残忍。异地恋之所以分开，不是因为异地，而是因为有了异心。我有时候会恨，他那么轻易地放弃……

他一通一通地打电话，最后，实在不放心，让他的一个死党来当传声筒。没想到的是，他的死党，成了我的前任。

毕业了，在回新疆的火车上，外面的世界，每天睡去和醒来，都是完全不同的景色。车上，越来越多的背包客，我就想，我一定要忘掉他，想去当一名导游，从自己的冻土中苏醒，到处去看世界。

我和师父的死党，在火车上聊了三天。两个都在空窗期的年轻人，很容易共鸣。等到乌鲁木齐时，开始有了淡淡的关怀，会在我正想他的时候，电话就来了……

那次，和前任一下火车，就吃了奇台拌面，10串烤肉，几串烫菜，只有新疆才有那个味。

说到吃，她又笑了："我想当个美食记者，吃遍天下，好好嗳。"

"你又想当瑜伽教练，又想当美食记者，这两者只能选一个？"

"嘿嘿，现在的女孩，保准两个都想选。"

她把挚爱的初恋叫"我师父"，叫起师父来，满满的甜蜜。把之后的男朋友叫"我前任"，叫起前任来，总带着一点怨怼。

前任是个妈宝，找他完全是找罪受，就是报应。我师父会疼人是遗传的，他妈妈就会疼人，后来他媳妇怀孕时，他妈妈牵着她的手过马路，一直呵护到生下孩子。而我的前任，他妈妈也只想把宝贝儿子摁在身边，不放他出来……

我和"前任"之间也有默契，他每每开个什么玩笑，我能接上，不讨厌他，他比我师父帅，但互相心疼是一辈子的事，总是我付出太多，他没有响应，我就会闹，可能是，我不够爱他？

那个春节，前任与师父在一起喝酒，师父哭了，拽出一个脸盆，把我们所有的信物，全烧了。那时，我们每年都花五块钱、十块钱的，去照那种大头照片，还有我的红线脚链，也被我的前任，用打火机烧断了……

那个大部分时间跳跃在球场的简单的男孩，占据了我对爱情的全部看法。他说过，"我会一直在你身边"，我对自己说过，"即使生命再来很多遍，高一那年的那个春天，我依旧会在奇台一中的操场上，到处寻找他的身影。"

如果再给我一次机会，我才不管新疆的大学好，还是内地的大学好，伊犁师范的牌子亮，还是长沙大学的牌子亮，我就选择与师父相聚，感受他抱抱我，亲亲我，那一直都是我渴望的，我使劲地压抑着，想把最好的都留在大学后的相聚……

在人潮中相遇，我们曾快乐，悲伤，无人企及，那份注定的缘分，在琥珀色的黄昏里，像巧克力一样，化掉了……

我喜欢在厨房里模仿妈妈的动作，拣菜，烹饪，美食就是我的生命，但我害怕一个人吃饭……我有了许多怪癖，比如：恋床，恋家，不敢留宿在外，在和他人互动中偏听偏信……师父，成了我一生挥之不去的隐痛。

"你想一辈子演一出言情剧吗？"

她一笑，那些爱，那些自尊，那些伤害……都像烙印，成了身心的一部分。

那次暑假我回奇台，每当风筝随风飘荡，积雪的天山长满墨色的松林，雪线覆盖了山脉嶙峋的棱角。我都会在这样的景色里想起你。想你的笑容，觉得这些年我仿佛是从虚无里走过来的，我自己几乎只剩下了一个名字，而且，是你叫我的那个昵称。

那年师父打电话说，我们见一面吧。

我说，你有女朋友了，我们以后不会有交集了。说这话，心里钻着疼。

他教我打篮球，教我数学，用了几年的时间，把我小心翼翼地保护起来。那三年，是我人生最明媚的时候，我们相遇了，在操场上的音乐里，在周杰伦的歌声里……我经常设想，我们一家三口，穿着情侣装、母子装，走在阳光灿烂的篮球场上……但我的新的生活，一直都没有开始，我还一直都在摆弄记忆深处难以释怀的老照片……最伤感的是，好像我生来就是为了认识你，最不愿意分离的就是你……现在，他在做药材销售，还是热衷于健身，每天做引体向上……老师说："大学体育系的都是荷尔蒙多一点，都是情兽，要远离体育系。"

爱情心理学大师斯滕伯格认为，爱情是一个故事，它是我了解自我时重要的方面。每个人都拥有属于自己的故事类型，人们基于自己的故事去建构亲密关系。他概括了25种爱情故事类型，幻想故事、师生故事、康复故事、游戏故事、戏剧故事……让迷惑的读者在其中分析自己的故事类型。

我等着她把眼泪回流。

"当新的幸福到来时，悲伤就会释怀。我把你的故事写成一个唯美的韩国电影吧？"

她破涕为笑："那，我想自己演自己……"

"这话，咋听着那么耳熟？"

她笑，"是林书记的口头禅：自己搞自己。"

"那，谁来演师父呢？"

她沉默了。

看着这个笑着流泪的女孩，我没有对她说，在错过月亮后，不要在哭泣中错过一颗颗星星之类的心灵鸡汤。在这个把美丽的爱情当传说的时代，她存在得像琥珀，像水晶，也像泡泡。

只好说，我们不能决定会遇见谁，唯一可以决定的是，在没有遇见之前，不要迷失自己，让自己成为更好的人……遇到一个人，就像在路上遇到一座桥，你必定要经过他，作别他，不能原地踯躅。

他儿子都八个月了，很难想象，我有他妻子的微信，一个胖乎乎的，有福相的女人，和我完全是两类人，她也知道我们有过一段。等30年以后吧，30年后我会告诉他，那个晚上，接到他的分手电话，我在操场上，篮球架下，那么撕心裂肺地哭……他背叛了全世界最棒的女人。那时，该他追悔不及了……

这个世界，各个角落都散落着机缘，我的机缘在哪里？

她歪歪头，一头瀑布般的秀发："师父给我把杆子树得那么高，再遇到别人，都没他好，我就一直单着。为什么，白马王子总是存在于故事的开头？等再找到属于我的真爱，我一定好好骂他一顿，为什么，让我找得那么苦。"

"好容易找到，又被骂跑了？"

"要是被骂跑了，就证明不是我的真爱。"

安晴儿肚子咕咕叫了，"我又饿成狗了。"

可不，已到午饭时间了，她连早餐都没吃呢。

"你先去吃，我值守。"

她一蹦子跳到马路对面的小店，找东西吃去了。

不一会，接到她的短信：毛姐，倾诉之后，伤害真是降到了最低。

她一回来，就找我要口香糖。

"吃的啥？"

"凉皮子呀，有蒜，反正没打算跟谁接吻。"

安晴儿是很多女孩的缩影，因为爱一个人，而更加热爱生活，更加热爱这个世界。完美的爱情是，爱的出现，丰盈了你的生命和你的世界。

为什么有那么多人在生命的最终，为没有说出他的爱恋而死不瞑目？为什么预言家说，如果地球只剩下三天，我们将拼尽全力为爱而生存？为什么加缪最后呼出：我只承认一种责任，除此无他，那就是——爱。

她头发及肩，每当风起，都会借势理一理长发，有姿有态。她做了几年北漂，专业是旅游英语，在各地带团当导游，最后被父母勒令回来。据说但凡周游过世界的人，会得上或轻或重的抑郁症，因为无法接受平淡无奇的落差。安晴儿的抑郁就源自此。

安晴儿自言自语，爱，为什么这么沉重？如果一段认真的感情，必须让人抛弃一切，那爱本身，是不是太残忍了？如果不爱，人的精彩又在哪里？将来，如果我写一本书，就这样开头：曾经有一个男孩，属于我，我也属于他，我不需要闪烁的钻石，抢眼的宝车，我只需要他，安静地陪我……爱情就是一个故事，以意想不到的方式，改变着我们……据说相爱的时候很难梦到对方。知道对方爱自己，不胡思乱想，梦多是潜意识的担心，等分道扬镳，你一直放不下，对方就会一直出现在你梦里。这，就是没结果的爱情。

"你经常梦到他吗？"

她笑着点头，眼里泪光莹莹。

不知道你看出来没，社区的人都知道，陈斌斌喜欢我，我也有一丢丢喜欢他，但又怕自己在空窗期再犯错误。我对他挑明了，你小我四岁，我现在谈了就要结婚，要生孩子，你能给我的孩子最好的奶粉吗？女人在一起是要攀比的，我自己也需要保养，你能给我想要的生活吗？到时候我抱怨了，你会很难受的……我知道那种痛，对方不像你一样全身心投入，我不想让你痛……我把他叫醒了，今天上午，就刚才，他很难受地对我说，我们不合适。我也难受，说，你就当我是你的蓝领哥们吧。

雨后，湿润的人行道上，我看见那些撑着一把伞的情侣，对自己说，明天，我要改变，我要重新生活。但不是今晚，今晚，我要继续在爱的伤痛中，沉沦，最后一夜……

1月5号，是个周四，又与安晴儿一起值班，外面，大雪飘飘。

安晴儿发愁："天哪，别下了，一下我就得去督雪，又得被冻成狗了。"

她在困惑中问，是谁发明的这样值班，有意义吗？

从社区回到单位的几个月后，在传媒大厦值班时，再次见到她，依然是长长的白色外搭，飘进来的，依然闪烁着一双藏满寻找的眼睛。她搂住我，在脖子上一吻，一阵风走了，"我去四楼电台拷个视频……"背上，是一把吉他。

去年的社区生活便又在我的眼前过着电影。写作是一种神奇的职业，像双面间谍，侵入别人的生活，又能全身而退。

社区有的是帅哥，也有的是靓妹，但不知安晴儿的篮球王子，会在哪里？

在鎏金异彩的多元世界，我想去发现那些在今天还保留着某些天真的人，尽管，执着让这样的人显得痴傻。

无论是寻找白马，还是枣红马，都是在寻找自己别样的弹唱，只要，给她一把吉他。

大个子丫头古丽

门敲开了，豁着牙的老婆婆喊："哎呦，是大个子
丫头给我送钱来了……"

我的搭档古丽，负责着民政口子，包括残疾人救助、低保
申请、公租房申请、高龄补助申请，都是一扇扇最基层的窗口，
处理的是民生的所需所求，各种状况层出不穷，所以她的工作
做起来就没完没了。

我的眼光常常追随着她的身影：
古丽在给街道打电话；
古丽在报数据；
古丽在电脑上填写退伍军人统计表，录入伤残退役军人的
姓名、地址、籍贯；
古丽在通知残疾人，去参加一个技能培训班；
古丽在做一张临时救助的表格，从残疾人中选几户，进行
春节慰问。里面有筱微，有莫占全，还是沙默会说的那个问题：
要么都慰问，要么都不慰问，这样挑挑拣拣，有失公允，一旦
找上门来，质问为什么有他家没我家时，往往让社区干部无话

可说；

　　古丽在填表，"贝贝幼儿园消防检查合格表"，我忍不住"哇"出来："这，也是社区的事？"

　　"不是给你说过吗，我们就跟小姐一样，啥都干。"

　　5月12号，古丽要在广告栏里，张贴全国防震减灾的宣传画，约我找三两个过路的居民，给他们讲一讲，她用手机拍了照，再配上几行说明，算是完成了一项任务。

　　之后，一中年男子来办老母亲的高龄补贴，办完手续就想领钱，古丽一瘪嘴："你脑子打铁呢，光看见人家刚才领了就走，人家是去年就办的，你等着吧，到下半年了。"

　　古丽说："我还得再去一趟市残联，取一下残疾证，不知道为什么，现在的残疾人越来越多了……"

　　说着，来了三口之家，申请低保，因为是维吾尔族人，他们自然地找到古丽，请她看复印件、原件。奇怪的是，他们并不是三口之家，海萍说："大姨子领着妹夫、孩子，来申请廉租房，奇葩吧。"

　　古丽说："只要手续齐全，我们就给你报到上面。"

　　她转身说："现在申请低保的人特别多，每月有400多元的收入呢，所以挤破头。这些，我手上这些报表，是四个申请低保的人的材料。有些人就不能招，一招就把你缠上了。我的确是管低保，但吃低保不是吃工资。"

　　古丽有着维吾尔民族特有的那份幽默。跟她在一楼值班时，社区篮球队来人，要买13个人的球衣，张口就是每人2000元的标准。古丽打趣："嗷嚎，你们是去参加奥运会吗？

上次文体局刚给买过了哎，你们的球衣不是穿的，吃呢吗？"

但一转身，她对林燕子说："我们光要求老年文艺队、篮球队，配合我们这个活动那个活动，现在，人家来要奖励，要演出服，要球衣了，咋办？"

原来，社区要把老年文艺队、篮球队等一年来的演出活动列成表，配上图片，报给文体局，会给一万块钱，这个钱不准吃喝，只能买乐器，买服装。

80岁的张淑萍，拎着大包小包来领高龄补贴，一进门就坐在了我们的值班椅子上，起不来了："我的腿不好，上次为了赶公交，跑了几步，一下子摔倒在车门跟前，现在都不好，我出来一次不容易，去超市给老伴买点东西。"看她实在艰难，上不去四楼，古丽下楼，给她办理了。原来，她搬离了本小区，所以不能上门去送，老人千恩万谢地走了。

她在这个岗位上第二年时，我陪她去送老龄补贴，她让老人按手印，我就给她拍照，立此存照。她也陪着我，一次次去买买提宝地馕店，做我的翻译。

她一次次耐心告诉我，我俩包片的桃园新城里，有37个残疾人、12个高龄老人。但对于数据我总是转身就忘，张口就喊，古丽，我们片的残疾人是几户来着？

她就张口喊："书记，我们的残疾人数有没有变化？"

林燕子正在摆弄手机："妈呀，街道这是给我发的啥呀，要求一口清，问我和园在外打工的人数，他长腿有脚的，跑到哪了，我咋知道？这又是什么？一家三口，苏州人，我勒了个去，苏州人跑到和园买房子干啥呢？又一个空挂户。"

听见古丽喊，林燕子急恼："唉呀呀，我能不能打你一顿……"

古丽笑了："书记，书记，街道上还问我要老年文艺队郭队长的照片呢？""墙上贴的就有，你用手机拍下来就行了……"

让古丽最揪心的，是八岁的儿子过马路。儿子天天上下学要过的那条马路，不是一般的马路，是国道乌伊公路，一条大动脉，大货车、大卡车，大流量。自从古丽亲眼见到一个保安被撞飞，她就成了个天天唠叨的祥林嫂，"不要跑，不要跑，过马路的时候千万不要跑"，儿子抗议，"我的耳朵都起茧子了。"好在，有个每天接孙子的王爷爷，顺便带着她的儿子过马路，但她依然不自禁地牵着肠子，挂着肚子。

"以前七分钟就到学校了，现在，学校把路口的侧门给封了，要绕道一个大圈，没办法，我给儿子办了张公交卡，他不坐车，光走路，给我省钱呢。唉，要是能有个天桥或地下通道，就好了……也有家长告到自治区教委去了，要求把侧门给开开，娃娃太不安全了……"

古丽逼我"写个东西"："亲爱的搭档，你想，我儿子现在才三年级，初中、高中，都要在这个学校上，时间长着呢，你写个东西，给呼吁一下……"

"但是得署名，真实地反映问题，不然没有分量。"

"啊？那不行。"

"为什么？"

"我哥在那个学校当老师呢，不要影响到他。"

王彩霞说："那就是闲的，报上不会发的，要民族团结的才行。"

"可，学校为啥只开一个门？"

"你在社区这么长时间了，不知道少开一个门，省多少人力物力吗？"

"那，可以把学生的门开开，让老师去过马路？"

沙默会白她一眼："又来了，制定政策的人是老师，不是学生，咣当，当然会从老师的利益出发呀！"

古丽只好又陷在自己的问题里，郁闷着。

在女人堆里，古丽不但不琐碎，还很仗义，她明确地知道自己想要什么：要活着，要健康，要看着儿子长大，没有过多的杂念。

她说着一口流利的汉语，但在家还会被儿子矫正发音。

我俩在一起时，她总说："你明年再下一年撒？"

作为搭档，我知道她最大的心愿是把儿子培养好，成为一个对社会有用的好人，最好的打算是让儿子上军校。因为哥哥的儿子上的是军校，全家人都羡慕着，穿的用的全发，可威风了。每次回家探亲，她都带着儿子去问，怎么样才能像他那样？

管束儿子时，她有着经典语录："现在我们三口人，吃一个馕，你不好好学习，将来的时候，一千个人吃一个馕，你吃啥？"

儿子惊诧地喊："那咋吃？"

达到效果了，她暗自得意："所以啊，你就得好好学习，肚子里有了墨水才有馕吃。"

她有时会对儿子小动手脚，在执法局工作的老公说："你咋跟个恐怖分子一样，还打人？"

过于疲惫的工作量，使她回家就想睡，但还得顾着儿子，等到丈夫也不知趣时，她就爆发了，把丈夫的衣服从洗衣机里扔出去，再把人赶出去："别进这个家。"

眼看一周后就是她的生日，老公巴巴地去给她买了一块表，她一看就炸："不过了才买表呢，你是不是不想过了？"

老公摸不着头脑，她还在发飙："这个是有讲究的，送表就是送终，不知道吗？"

她执意把社区给员工福利的生日蛋糕，送给了对面的沙默会："我就不过这个生日。"

我问："为什么跟老公动这么大的气？"

"我每次去看医生，医生都说，不要太累了，不要太累了，我们一上班就这么累，有啥办法。我昨天晚上就给老公说，不想干了，真不想干了。他不安慰一下，还说，我可养不活一家人，气得我，一周都不跟他说话了。哪有上班累成这样，下了班，还啥都等着我，自己出去打麻将？"

又一个工作日，古丽满脸倦容地从民政局回来："要是能连着休上三天就好了，要是我现在就50岁就好了……"

我诧异，从没听过一个女人说这种话，这种打破常识的话。

古丽过来，"给你看个微信。"我一看，一个漂亮的透明玻璃瓶里，一个疲倦的女孩蜷曲在一角，下面一行字：最近太累了，就想一直睡下去。

古丽说："看着她我好心酸。真的想辞职，娃娃管不上，学习学习管不上，吃饭吃饭管不上，不就把个娃娃毁了吗？我儿子小的时候就换了八个保姆……那天儿子发高烧，我一进门，还没问他呢，儿子问我，妈妈，他们把你给放了？"

想退休的话，我听她说了一年了，社区唯一的小伙子马云插话说："古丽姐有个退休梦。"

我一听，一个现成的标题。

古丽马上摆手："别让人听见，千万不要写我的退休梦，我工作就是为了赚钱，赚钱就是为了儿子，让儿子成为对社会有用的人，所以，'不要和我谈理想，我的理想就是不工作'，这不是我的话，是微信上的话。"

成微微说："你放心吧，我和黄艳云退了，你都退不了，加油干吧。"

那天，古丽眼含泪光，对我耳语："我想去找一下街道书记，把我调去干清真寺管理，我有双语的优势……"

她让我看了拟发给张书记的短信，因为老公怯怯着不敢，她说："咋了，就是市长又咋了，你管事呢，我不找你找谁？"

其实，就是因为要求对社区情况一口清，要求四知四清四掌握，要求应知应会，诸多的条款，把她给吓着了，生怕自己记不住，检查时出错，连累到大家的绩效奖金，"几千块钱呢，"所以她心心念念想着退休，或者调岗。

她鼓了半年的勇气，找到街道张书记，张书记说："清真寺你干不了，都是男同志，主麻日要值班24小时，你能顶下吗？"

她一听，只好放弃。

我们每天要交30份双实摸排的入户资料。那天，她揉着自己的"葡萄干眼睛"，吃力地辨别着行距，大量的文本工作，让眼睛用到了极致。

"哎呀，这密密麻麻的表格，我一看就头大，唉，灯不行了。"

什么叫"灯不行了"？

她"扑哧"一笑："不是说眼睛是心灵的灯吗？眼睛不行了，不就是灯不行了吗？"

　　我便逗趣："换个灯泡吧？"

　　于是我来填报表，她去配眼镜了。

　　我建议："退休后，去教维吾尔族舞蹈，那个不费眼睛，我跟着你学。"

　　她那天暗自高兴地对我说："来了六个大学生，我找了书记，她答应把我两个口子分给新来的大学生，这样我就轻松一些……"

　　我也为她觉得轻松，只是好景不长，这些大学生，在和园实习半年期满，被分到了新拆分的社区去了。

　　古丽依然陷于种种琐碎中。

　　3月23号是个周三，古丽叹一声："有些80岁以上的老人不能下楼了，每个季度我都得挨家挨户，上门去送老年津贴。"

　　"我和你一起去？"

　　"好啊。"

　　才知道，高龄老人每月有50元的补贴，是老龄委下拨的钱，每个季度发放一次，那些来不了的老人，就要送到家里去。

　　一早，我就催她："10点啦，我们走吧。"

　　她笑："太早了，你不知道，老人起床麻烦着呢，11点去都早。"

　　与她走在社区的路上，邂逅了几位维吾尔族女人，抱着粉扑扑的婴孩，站在路边聊几句。我发现她们很是羡慕具有公职的古丽，而古丽也自然有着一份骄傲，回答她们的一些问题，多半是国家的惠民政策，看看自己是否够享受的条件。我感到了这个民族渴望融入社会的那份真挚。

我直率地问："她们很羡慕你的工作？"

"我每个月的工资就打到卡上了，她们做生意，今天好，明天不好，没个准。上周我们全家去呼图壁旅游，我亲戚家在那开了个农家乐，杏花节的时候，人黑压压的一片，生意可好了，但到了平时的淡季，就不太行了。"

她想起了什么，笑了："上次在我们亲戚家，我跟嫂子做抓饭，她问我，三股势力到底是谁？咋那么厉害，我们这么多人都要打它？"

她用了嫂子能听懂的语言，做了政策解读。

嫂子手脚不停地听着，点着头。

我们的民族干部真是宝贝，应该尽力去帮她解决每天一出门，就摆在马路上的问题。

古丽一边敲着门，一边喊："社区的，送钱来了。"

一对正在爬楼的老夫妻，停下来喘息："明年我就到年龄了，到时候，人家就把钱送到家里来了……"

门敲开了，豁着牙的老婆婆喊："哎哟，是大个子丫头给我送钱来了……"

我感到一点异样：咦，这些耄耋之年的老头老太太，即便不懂得民族政策，也有着人性之通。在他们眼里，古丽不是一个维吾尔族丫头，而是个"大个子丫头"，很本质的叫法，亲切极啦。

在这些社区老人眼里，每个季度上门来送钱的，就是一个好丫头。

普世的界限只有一个：做好事的好人，与做坏事的坏人。

又一扇门敲开了，一个佝偻的老太太，拉起古丽的手，放在自己的脸上，轻轻摩挲。

88岁的老干部黄贵祥，84岁的王桂花，这对老夫妻，加起来的工资有六七千，行动不便想住养老院。但儿子拿着老人的工资卡，不同意老人住养老院，老人说："要是社区能办个养老院，就好了。"

9号楼的杨继茂83岁了，独自住在女儿给买的房子里，女儿在英国，三个儿子在身边但不常来，一见我们工作队中的张姐像自己的女儿，便拉着她潸然泪下……

如果说，老人紧紧抓住养老金或存款，就像苍劲的老鹰紧紧地抓住支撑它身处悬崖的树枝，那么，缺乏亲情，也是养老话题中，格外突出的问题。

在乾居园楼下，84岁的王桂花老人，在院里的水泥圆桌旁，晒太阳，坐在她旁边，聊上几句："社区的丫头，每个季度来送钱，加上工资，生活是够了，就是看病不够。工资在儿子手里呢，我不知道现在是多少了。儿子给我买个包子，我就吃个包子，儿子给我买个饼干，我吃个饼干。儿子说，反正我拿上钱也花不成。二丫头每周六来，给我洗一洗。唉，人老了，没活头，晚年光阴不好过，不敢躺，一躺下就怕起不来了，出来溜达溜达。幸亏我的身体底子好，我们那个时候不吃化肥……你替我给黄丫头带个话，说我想她……"

黄丫头，指的是黄艳云，在古丽之前，是她负责老龄口子。

9 号楼，83 岁的杨茂林，老伴去世 13 年了，儿子过节时会来看一看。每月有 3000 多元的工资。女儿让他去住养老院，他去看了看，觉得不行，算了，活到哪天算哪天吧。他拉着我们队员的手不放："只有社区过来看看我，儿女都靠不住呀……"

6 月 4 号那天，社区搞了一次去养老院过端午节的活动，社区经费有限，只给了一桶清油。沙默会与古丽见我与一位老人深聊，就没叫上我，去超市为老人们买了六箱酸奶、牛奶、卷纸之类的日用品，因为她们觉得，一桶油拿不出手。等我抬头时，她们摆了一地。古丽说"马上就是斋月了"，将酸奶分发到各位老人手上。

我在这里看到了穿着红马甲的小伙子们，是昌吉美丽义工家园的，遇到一位义工叫王素荣，正在给老人理发，她说："每次干完义工，帮完需要帮助的人，自己回到家，会觉得舒服。今天还带来了我的闺蜜，马玉洁。"

马玉洁在给老人洗头，她俩一个洗头，一个理发。

想起亚里士多德并不遥远的话：我们通过弹琴学会弹琴，通过行正义之事学会正义。

古丽每天在送儿子到校后，都在建设花园站上车，天天与我相遇在 55 路公交车上。

55 路车路过一个药店，刚听完三小时保健课程的老人们，手里拎着磁疗被、大盒的保健品，满载而归地上车来。一位颤抖抖的老人，还不断地与老友挥手。司机无奈，"看好脚底下，你摔了我负不起责。"司机说，"以前，这些老人经常横着呢，不让检查老年乘车证：'我都活了 80 多岁了，还能骗人吗？'这一次，我们查出了 100 多张假卡，这些老人乖多了。你们赶着去上班，他们非要赶着去占便宜，只要大超市搞活动，就有老人扎着堆地上车……"

他唠叨着，每天公交车上的老人，刷免费卡达到三万多次，这个钱该公司出还是政府出？马上要改革了，不让这些老人免费坐车了，钱发到手上，这样他们就不会为了两毛钱的利，坐八趟公交……高峰的时候，跟上学的挤，跟上班的人挤，还不让我们晚点……

昌吉作为一个绿洲上的屯垦城市，已进入了老人社会。当年，那些来开辟的、建设的、胸前佩戴大红花的生龙活虎的年轻人，现在老了。由他们建设起来的这座城市正在创建全国文明城市，如何让他们分享社会进步带来的红利，他们的生活质量，应该是一把尺度。

有人说，我们的老人有钱不敢花，是因为社会保障不完善，对自己的经济前途看不清，没把握，多存钱以保安全。如果有一天完善了社会保障，老人的生活、看病、丧葬都有保障的话，就敢花钱了。

离开社区那天，古丽穿一件酒红色的裙子，格外漂亮，我给她拍了照："让我记住你的美丽。"她涨红了脸："我亲爱的搭档，求求你，把我也带走吧。"

我的手机里，一直留着她给我的短信："到家没？"

那是在某次夜查门面店之后，打车与古丽一起回家，她先下的车，不放心我，刚一进门，便接到她追来的问候："到家没？"

社区的女人们

　　这就是我为什么不愿描摹她们各自的相貌与身材的原因，对于我来说，她们所有的人都是一个人，而最终的那个人，与我相同。

　　到社区，一眼发现的是女性比例，社区 10 个人，9 个女性，接待居民时，一坐一大厅，开会时，一坐一圆桌。

　　这些社区女人，一手拖孩子，一手拎拖把，在穷忙中维持一份低薪的工作；一面工作，一面量入为出，使收支平衡，不断地跟消磨感对抗。

　　她们成为我笔下的故事，并不是先有的计划。我最先把眼光投向社区居民，芸芸众生，企图以社区为棋盘，人物为支点，事情为线索，将立体的社区连缀起来，在一种起伏关系中，去认识整个社会的缩小版：社区。

　　我和社区姐妹相处很是深入，但在吃饭睡觉的问题上，却暴露出我是她们眼里的"奇葩"：她们忙忙活活地买菜、做饭、洗碗，我愿意在连着白天夜班的值班后，独自去马路对面的小马哥饭店。

　　怎样才能在一个城市获得归属感呢？来自于这个城市本身。

比如，你喜欢一家当地特色的餐馆，原因是喜欢它的装饰风格。盯着橱柜里几件阿拉伯文饰的瓷器，墙面瓷砖上的玫瑰图案，发一阵呆。还有店里漂亮的回族女孩们，带着腼腆节制的微笑。

一碗米饭，一盘青菜，坐在角落里的老位子上，在微弱的灯光下，跟自己待一会，听餐桌旁不期而遇的人们在攀谈。

被关注是一种莫大的负担，所以我看到村上春树的文字，"我是个比比皆是的普通人。走在街头不会引人注目，在餐厅里大多被领到糟糕的座位"，便会心一笑。

街道上出现了一辆55路，因为是晚班车，上面只有一位乘客。过了一会，在同样的位置上，闪烁起救护车的蓝光，驶过后，如此宁静。

我痴痴地透过大窗，看着马路上流逝的一切，觉得自己也在流淌。

夜班时，我也无法在被她们称为女生宿舍的三人间里，一起说说笑笑地过夜，会笨拙地拉出一张行军床，独自睡在偌大的图书室。我需要独处，也需要空间，虽然为此感到不安，但人总有做不到的盲点。我以这样的借口，宽宥自己。

这一年，我完全是在工作场合中与她们相处，所以无法写下她们的全部，文学不是整个世界的绝对视角。我力图让自己的工作尽力靠近一部分真实。我没去过她们的家，因为大家实在是太忙了，但能想象，沙默会一回到家，躺得展展；黄艳云回到家，话都不想说；林燕子一回家，就得遵循"三千万"……好在，我早早放弃了全面、全貌、俯瞰，聚焦在局部、细部、褶皱部，那些爱，那些故事，那些悲喜。希望有不多的读者，能有阅读的欲望，与我一同走进去，去另一个生活场景，了解这个世界里她们的语言、感情，在那种氛围里，了解她们的故事。

她们是小溪，不是大海，但所有小溪的流向，终将改变潮水的方向。刚进社区时，林燕子就用全方位的、观察星空的方式给我们上了一课：大的方位，管辖范畴，东西南北的界限，人口数据，犯罪率新低，89栋楼，379个单元……这就是大数据的时代特征，总想一下子就获得一种全局把控。

我们总是注目大事件，媒体飞转的眼球，搜寻的是矿难、塌楼、地陷、飞机失联……事件背后个体的卑微，个体的价值被一翻而过。社区女人，不是一些女性就业比例的数据，虽然她们整天面对数据。在这个信息爆炸的时代，对个体的关注，对个体内心世界的挖掘，永远不够。我瞄准人性中隐逸的情感，人对爱的渴望，一个人可以是任何人，一个人的情感可以是世间所有人的情感。

这些人物，没有什么戏剧性冲突，没有什么新闻价值，不是轰轰烈烈的马航失事，很多时候受到生存环境的制约，在有限的环境下不得已表现出来。2016年消失在时间的泡沫中，但她们的名字，一个个反而跳跃得更加活灵活现……

只有在日常生活里，才有可能发生了不起的事情，大多数浪潮是从我们正在过着的普通生活中产生的。那些女人们的温情如丝如缕，钩织成小社区大社会的杂糅世相。我在她们身上，探究时代洪流所忽视的人性、人性的冲突、人性的溃败，与人性的幸存、人性的救赎，重新思考个体的存在、个体的意义，展示凡人的勇者。

为她们写书，是我的一份长情告白。

黄艳云干着她手里的活，6 月开始征兵了，她在做各种表格，她的表述方式与沙默会、海萍又不一样："从一个人的出生，到一个人的终结，啥都归社区管，不光管人，还管动物，我们的权力，大着呢。你肯定不知道，居然还有这样的事情，有人耳朵响了几年了，可能是狂想症？也可能是精神变态？也可能是耳鸣？但他就是怀疑邻居家在用电钻，于是就不交物业费，物业公司咋办？硬是逼着我们社区去人，说是去表明一下态度。怎么样，奇葩不？我勒个去……社区工作就是这样，把不爱说话的磨成了婆婆，把火暴性子磨得看破红尘了，讲理的、不讲理的，林子大了什么鸟都有。等回到家，嘴都不想张，更不要说辅导女儿了，我就只给她说，看看你们班上的同学，他们的妈妈是干什么的，都是卖大萝卜小白菜的，你妈是社区干部……"

黄艳云有个外号，二主任，书记不在时的当然代理，她也常常胜任这个角色，总是"一张脸放得平平的"，并试图以此平息事端。

大厅里，来了个居民，见人就问："我能不能把父母从甘肃接过来，在新疆申请个低保？"

黄艳云接上了话："他们来新疆多久了？"

"还没来。"

"这叫什么话？来了两年才能申请，你人还没来就想申请？……你为啥要来新疆吃低保呢？你们那没有低保吗？真是奇了怪了，你以为低保那么好吃吗？要四个单位签字、盖章、把关呢……"

来人走了，我问："哪四个单位？"

她"扑哧"笑出来："哄他的。"

"啊？为啥要哄他？"

"凭啥？凭啥要把户口迁来，跑到我们新疆来吃低保？"

我又是愣怔。

高潮还在 12 月 13 号的下午，满大厅在吵。

六家的管网都出了问题。

来了一个老阿姨，对着黄艳云叙述，"我来新疆 50 年了，我是家属，工资不高，一个月拿 2000 多元。马上过春节了，这个问题不解决，一进楼道就臭烘烘的。心里着急，你们就给老百姓干点实事嘛……"

黄艳云是纠纷调解员，她依然力图用一张放得平平的脸，来平息事端："这个事情，得一级一级往上反映，我们已经报过市上了。"

在她的解释中，我一点点听明白：

"我们平常去打扫卫生的乾居园，那是物业公司的叫法，我们社区叫它桃园，又叫老桃园，因为新桃园设施到位，没有这些个麻烦事。但老桃园是 2002 年的楼房，下水管道都烂掉了，污水管道渗透，屎呀尿呀都漏到 403 的地下室去了，事主嫌臭，直接搬到女儿家里去住了，所以这边没有人，大撒把，就这态度。"

见我还是木讷，她给我画了个示意图："你看，这个楼有三个单元，一个单元住六户人家。现在，来的这位阿姨愿意自己掏钱解决问题，但其他人不愿掏钱，就整不成，因为，这是要花钱的事情。"

老阿姨接上话："我就纳闷，千把块钱的事，真就解决不了吗，不能就让人这么价过年呀？"

黄艳云爱说"一般情况下"："这要动用维修基金。维修基金用起来非常麻烦，要每家每户都签字，才能动用，但一般情况下，不漏到谁家，谁家都不签。所以，这个事情，一般情况下，都整不成。"

黄艳云给了我最多的政策介绍，我发现她总是说得有理有据，那天，她给我讲了廉租房政策。

"现在没有廉租房了，叫公租房。以前廉租房一平方米一块钱，50平方米50块钱每个月；现在公租房一平方米5.80元，50平方米，每个月280元，是那种最基础的简装修，一般控制在50平方米以下，只有新建的小区才有，老小区没有。凭收入证明，由房管局来评定，住上之后，按说经济收入好转时，由社区干部再核定，但是，只要住上了，一般情况下就没个年限了，所以抢破头。住够两年廉租房，就可以迁户口进来了，在昌吉市满够两年社保、有两年以上劳动合同的，也可以申请。"

工作队的一个队员一听："啊，我弟弟多年没有房子，不知道有这样的好政策。"

黄艳云说："政策在哪呢？政策在社区呢，别看你们是公务员，社区的人，最懂政策。"

那天从筱微家里回来，我对黄艳云说："你讲的政策我今天全用上了，她再多问一句，我就答不上来了。"

黄艳云咯咯地笑："那是因为你刚来，吃了冰棍拉冰棍——没化。"

一个老人家，气喘吁吁地上楼来，问："多大，才能领钱？"

黄艳云反问："你多大了？"

"72岁了。"

"满年满月满80岁，每月50元。户口必须是昌吉市的，外地的不行。"

一个女人来问："我的孩子今年考上了大学，我来打听一下，有没有补助？听说有个'金秋助学'，我够不够资格？"

黄艳云说："拿户口本来，还有身份证、录取通知书，师范类的不能享受这个政策，因为师范类国家已经给了优惠了。还有，你要达到贫困标准才行。"

"啥标准？"

"看你有没有申请过低保。"

"我就是低保户。"

"那就是我刚才说的，拿户口本、身份证、录取通知书……"

即便是基层的社区干部，因为她们每天的工作都在执行政策，所以她们也会在有意无意间，披上一种权力的外衣，具有权力的力量。权力，深深地、巧妙地渗透在整个社会网络中。

安晴儿要走的那天，又来个大大的迟到，我欣赏着她走进楼道的飘逸。黄艳云瞟了一眼挂钟："啥情况？这都几点了？"

"情况是，我刚从街道回来，以后我还不来了呢，市委宣传部借我过去了，四个月。"

大厅里安静下来。

之前她就满面喜色地告诉过我："再过几个月，我就被借调到市委宣传部宣讲科了，借调四个月，嘘，悄悄，打枪的不要。"

我来打破那种安静："棒棒的，好好干。"

"我会的，社区与街道差了一级，街道与市上各个局，差了一级，各个局与市委差了一级，我直接从社区，嘞，上到了市委宣传部，能不好好干吗？"

黄艳云顿了顿，又问："书记知不知道？"

今天与黄艳云值班，我们履行着值班时的各种程序，见缝插针地聊着。

来社区之前干什么？

多了去了，我老公是厨师，我们夫妻承包过大公司的食堂，两口子累得贼死，后来我的腰出了问题，端这么大的桶，往饭桌上放……实在干不了，还干过加油站，也不好干，出了多少油，你就得收上多少钱。我经常是每月的工资被扣光光，干干地赔上。大冬天的，站在外面，不让进屋，不让睡。那几年，把身体给整垮了，后来还干过私营的仓库保管员，嗨，说是仓库保管员，其实啥都让你干，财会报表、计划，都得你出，私营嘛，巴不得给你一份工资让你干十份工作……

"怎么来的社区？"

"巧了，那天，我看见了一个张贴，说是社区要招 100 个公益岗，已经是报名最后一天了，高兴的是，上面要的各种证件我全有，就报了名，考完试，出榜了，挤到跟前一看，有我的名字……"

"我和沙默会一起进的社区，是最早的元老级别了，她以前在公交车上卖票，哈哈，现在公交车上哪有卖票的，听起来是不是像古董一样？她老公在乡政府开车，后来就来了成微微，她老公在做生意，海萍是最后进来的。听说没有，最近，我和海萍，转为了社区工作者。

"感觉？社区工资 1900 元，加 1050 元的维稳费，可以接受，时间也可以接受，以前还能双休。要是能干的话，我想干到退休，比我以前干过的任何一个工作都好，我的父母也很满意……"

那次在55路车上，遇到黄艳云，我不失时机地问："给我说说桃园那个十年不交暖气费的事？"

"你问书记去。"

"书记的版本我已经听过了。"

"一般情况下，我们的版本都是从书记那来的。"

这印证了那个论断：在某一个地方，寻找它的领袖，会把你带到问题的中心去。

下班，再次与黄艳云上了55路公交车，问黎之明为什么长期上访。

"他的事情，市上解决不了，是州上的事，州上都不一定能解决，你没听见书记说吗？州上都解决不了的事，就根本不是事，所以，不要问我。"

"我不是想要解决事情，只是想了解一下人性。"

她一回头瞪着我："那个又不考核，我们整天价连规定动作都忙不完……"

7月3号，与王彩霞值班。

王彩霞负责劳动保障口子，对口单位是就业局、社保局，负责办理新农合，为40、50人员、五七工提供就业岗位。还有，承担人大代表选举的工作。

一名社区工作者，貌似基层小小的一员，但每天的工作量、工作的内容、工作的行为方式，无不受到国家政策和政府部门的影响。

我问，多久没见儿子了？

王彩霞夫妻都在社区工作，顾不上刚刚上一年级的儿子，把儿子放在另外一个县城的婆婆家，那个县城叫吉木萨尔，有着著名的北庭故城。

她掐着指头算，等我们忙完了七五，再忙完 7 月 12 号的人大代表选举，再忙完 7 月 13 号的街道半年工作检查……应该就差不多了，能回去看一眼了。

一个青年人来办暂住证。我看不明白的是，为什么失业证和就业证是一个证？这样一来，怎么有效地分别统计失业人员和就业人口？

王彩霞无暇回答我的问题，十几个人围着她，在领取各自的社保卡。因为之前社保局发出一条覆盖性短信，让居民来社区领取社保卡，结果，人来了，拥堵着，不时还有电话打进来："你们是咋办事的，我手里有社保卡，还让我去取啥？"

王彩霞说："你手里既然有了，就不要来。"

"这短信是怎么回事？"

"短信不是社区发的，是市上社保局发的，因为是覆盖性的，领过的人也收到了，我现在正忙着呢，挂了……"

临近四年人大代表换届选举，林燕子在会上说了，人大代表选举期间，不允许出现集体访、个人访、缠访、闹访，一旦有了上访苗头，要及时打招呼，不要措手不及。信访工作是一票否决的，要追责，会影响到大家的绩效奖金。

王彩霞调侃："书记，我要是能调到信访局去，啊，别人都忙着不让信访，哈，他们该多轻松啊！"

林燕子甩上一句经典表述："想啥呢，社区干部就是荷叶命，告诉你，社会是分等级的，等级是世代存在的，中外古今都一样，好好干吧，你。"

王彩霞无奈："书记，你这张照片太难看了，别往上报了，能不能换一张？"

林燕子跑到王彩霞的电脑前，发出一阵交织着的大笑。

社区女人的年龄段，孩子多在上小学、上初中，教育，对她们来说，是个突出的话题。

在55路车站，遇到好容易休了一天的张丽悦，带着五岁的卉卉，刚买了她心爱的洋娃娃，从超市出来。

卉卉像全世界所有的小女孩一样，因为一个洋娃娃而幸福得满脸发光。

妈妈对孩子说："跟阿姨问好。"

孩子的眼光一刻也不离开洋娃娃。

我问："卉卉，你给她起名字了吗？她叫什么？"

她马上就抬起头，愣了。

张丽悦"扑哧"笑了："哎呀，我们家卉卉，总听人家问，几岁了？喜不喜欢上幼儿园？爸爸好还是妈妈好？奶奶好还是姥姥好？考了第几名？报的什么特长班？给我们表演个节目吧？唱个歌还是跳个舞？你家谁做饭好吃啊？我上你家吃饭吧？你爸爸又出差了吗？……这孩子特别不耐烦回答这样的问题，我训她没礼貌，结果就是她哭上一场……"

与张丽悦一起上的那个夜班，我在夜读，听见一个孩子甜甜的声音："妈妈，你吃饱了没有？"

出来一看，是张丽悦在拖走廊，五岁的卉卉跟在后面，妈妈嗔怪："现在才问？"

这个很有点个性的小女孩，甚至让我看到了小时候的自己。

与张丽悦值班时，她打开视频，见爸爸正与卉卉游戏，但卉卉一扭头看见妈妈就哭，爸爸不耐地瞪着孩子，张丽悦只好关了视频，黯然下来。

"他对孩子总是这样，我就说，你好好陪孩子玩一会，整天就是看手机，为这事，吵了几架了，不管用。我们是闪婚，亲戚给介绍的，见了一面，双方家人就开始准备婚礼了，年龄也大了，我结婚都 28 岁了，他也 30 了……卉卉特别敏感，和我妈一起带她去超市的儿童区玩一会，我妈偷偷地先走，她就会一直担心，姥姥是不是丢了，她知不知道坐车回家？夫妻冷战可能对孩子有影响，她会把最爱的动画片频道让给大人……"

张丽悦刚刚搬了家，卉卉留在原来的小区幼儿园，上下班接送要绕道不少，她叹息着。

我随手一指："对面不就是一家幼儿园吗？你上班送来，下班接走，多方便？"

她整个表情都圆了，眼睛圆了，嘴张圆了："我的姐，那是私人幼儿园，每个月 2600 元的费用呢……"

我从她惊讶的表情中发现，这是个非常重要的问题。

她叹息一声。

"这个世界上，我承担不起的东西太多了。特别是当你有了孩子，你希望能给她全世界最好的东西……

"我自己小时候也是，又拧、又倔，又敏感，内心特别叛逆，现在，因为闪婚，把这一切重复到孩子身上。每次去幼儿园接她，都见她坐在角落里的小板凳上，不跟大家玩。我试着问，好朋友是谁呀，今天做了什么有趣的游戏呀……她都转过脸去，不搭话。愁死我了，这孩子别有什么性格问题吧，或者社交障碍？或者自闭症？或者抑郁症？

"她爸爸总是这不许，那不行。到了睡觉时间，不管正在玩着什么，不由分说，扔到床上，没有一点耐心，只要不按要求，马上瞪眼。你也看到了刚刚的视频，一见我就哭，她爸不管，孩子天天都是哭着睡着的，我看人家外国的爸爸，都在跟孩子玩，我就说，你好好陪孩子玩一会……工作，总是如此辛苦；婚姻，总是如此不遂人意。我想过辞职，但辞了职又怎么生活？唉，什么叫工作，不管你喜不喜欢都必须得干，才叫工作。钱的魅力就在这里，让你去干不喜欢的事情。"

张丽悦的问题，是个古老的问题，《创世记》上一段经文直指这个问题：

"你是否发现人生中两大领域——工作和婚姻令人十分痛苦？

容我解释为何需要工作。

关于伊甸园，哪一点最令人惊讶？答案是：神在伊甸园安排了工作，伊甸园如此喜乐、美好，但却需要工作。

尽管工作不是诅咒，但却受到了诅咒。你是园丁，地却长出荆棘杂草，这表示，所有的工作都蒙有阴影。

我们需要工作，想要工作，但工作有时候令人沮丧，会压垮我们，压榨我们……

对于女人，除了工作的烦恼，还有婚姻的烦恼。

文学其实只是关乎同情，是同情，加深了我对他人的自我、他人的梦想，以及他人所关心的问题的感同身受。

张丽悦问："卉卉爱哭，她一哭我就慌，你说，她哭的时候，我该怎么办？"

"抱抱她，亲亲她，给她讲个笑话……"

最后，我俩都无语时，只有在手机屏幕上，卉卉，露出令人融化的笑……

今天在桃园撕小广告时，我拍了许多树，十棵，二十棵，最后，对它们进行归类：删掉同类别的，留下代表性的，这些树一棵一棵地纷纷合并，最后，只剩下一棵。

这就是我为什么不愿描摹她们各自的相貌与身材的原因，对于我来说，她们所有的人都是一个人，而最终的那个人，与我相同。

我在她们的群像中，找到了平淡卑微的自己，和她们一起，怀着内心的爱与痛，咬紧牙关，在困境中的人生中渴望着转弯。

每个社区女人的名字，都以一棵棵树的名字，站立着，一朵朵花的名字，芬芳着。她们，都是为现实代言的模特，她们的故事，未完待续。

社区来了大学生

　　近代以来，人类创造了种种政治和社会制度推动平等，但底层向上的流动依然是人间最艰难的一种爬行，但愿所有的个体努力都不被辜负。

　　马云负责党建宣传，这一块的对口单位是组织部、宣传部，主要负责基层党组织建设，发展优秀居民入党、管理退休党员，宣传党的政策方针。

　　我的注意力都在社区女人身上，注意到马云，是因为那次吵架。

　　那次大厅里又在吵，不是社区女人，而是文绉绉木讷的马云，对那位来交党费的居民党员解释不通，气上心来，冲着远去的背影抒发义愤："这些个尿人，牙长的，当初，没人让你举拳头，是你自己说的，我自愿加入中国共产党，入党了，揽权，揽利，贪着，腐着，现在退休了，没了碎银子，嫌党费高？我勒个去！"

　　姐姐们为他抱不平，七嘴八舌，革命年代哈，战争年代哈，人家那些党员，把咸菜、盐巴当党费，啊，那叫"特殊党费"。革命先烈哈，在生命的最后时刻，想的是啥？是最后交一次党费，为啥呢？交党费是对党的无限忠诚……现在这些个尿人，哈，最后，大家合上一句：我勒个去！

我问马云，作为社区唯一的男生，是什么感触？

他腼腆地笑，"搞活动的时候，是主劳力，搬东西，从楼上搬到楼下，再从楼下搬到楼上，"偏爱他的林燕子说："我们马云，在家都是不干活的主。"

他白净、高挑、帅气、文雅、内秀、不言不语，是个高富帅的款，当然，除了不富。

他和女朋友与父母住在一起，知道自己貌似文雅，脾气并不好，嘱咐父母，在我发脾气的时候，你们在任何情况下都只能说我，不要说她。于是诞生了家庭规则。

我在55路车上，见他偕女朋友走在街上，完全不是在社区时的那个马云，意气风发。那天，他陪女朋友去参加国考。

你为什么不考？

我马上满三年了。

满了以后呢？

再看吧。

他很务实，不好高骛远。

马云在给居民党员打电话："喂，我是和园社区的，明天下午四点，党员民主生活会，你能来参加吗？"

为了多凑人数，他吆喝着所有人都进会议室。工作队的小许说："我不是党员，就不进会场了。"

"那也得开会，你早晚会入党的。"进入会议室，拍完照，马云说，"非党员请马上离开。"

小许嘟囔着，离开。

7月10号，迎接半年工作检查，林燕子喊了一嗓子："谁去替马云值一会班，我让他去准备档案，要求应知应会一口清，档案、汇报材料要按照模块准备齐全，口袋书随身带……"

我下去替他值班，他白净净地冲我一笑。

我开玩笑："有人夸过你帅吗？"

马云调侃："呵呵，我每天早晨都是被自己帅醒的，每天晚上，都是被自己给帅晕的。"

和马云入户那次，在电梯上遇到一个小伙子不肯配合，他说："等他到了社区办事，我再刁难他，哈哈。"

直到11月4号，社区来了六名大学生，马云才有了同龄人。

在迎新会上，大家各自介绍了自己。

林燕子说："前段时间，街道将80个大学生充实到了各个社区，每个社区只分到一个。这是政府购买的公益岗，用这种购买服务，来解决就业。我们和园从2014年的4个人，发展到现在10个人，今天又来了新鲜血液……"

迎新会后，正值林燕子的副科公示，大家打扫完大江的卫生后，林燕子请客了："我每个月涨了305块钱，拿出半个月的工资，请大家吃个火锅，也是迎新的意思。"

热气腾腾地吃着，海萍见服务生出去了，偷偷从身后的包里，掏出一袋面条，下到火锅里，招呼大家："吃面，吃面……"

我不明所以。

"哎呀，在路边超市买的，火锅店里的手工面条，贵死了，我们人多，省一点是一点哟……"

在那次饭局上，大家记住了六个大学生的名字。

我则明白了社区工作人员的成分，分成几类：绿园路街道，下辖八个村，八个社区，每个社区应该是 5000 户，但和园现在已经一万户了，要把一个社区拆成两个社区，绿园路街道有四个这样的社区准备拆分，怎么拆？林燕子嚷嚷，人手不够，社区干部的精力都用在档案上了。

正式的社区干部，每三年接受一次换届，占社区工作人员的少数，只有林燕子与古丽。林燕子说，以前连书记都是公益岗呢，由省一级人社厅统一招考的大学毕业生，服务期限三年，属基层锻炼岗位；公益性岗位，属于基层服务岗位，像沙默会、黄艳云们，都是一年一签。

社区工作人员的主体是社区干部，没有行政级别，不属行政编制，也不是事业编制，流动性大。

大学生们来到社区，他们所有的人生经验、生活姿态、人际关系，都在被试炼、被筛检，接受新的砥砺，会有诸多不适。

新来的大学生陈斌斌，接的是马云的党建口子。

林燕子说，那天街道通知让社区去领大学生，我去晚了，就剩陈斌斌了，没得选，就领回来了，但我有福气，没想到这么能干听话。

陈斌斌刚上手的工作，是街道布置下来的版面任务，让他措手不及的是，同样的主题，一周推翻了三次，他手头的那块版面，就重复了三次。他在匆匆地草创，又在反复地推翻。姐姐们建议他，你去问问街道，到底怎么回事？他说，不用，纯属多余。

昨天，陈斌斌带着自治区创城办的诸位领导，去看了社区的老年活动中心，人家问他，你们社区的老年活动中心，有多少平方米？

他答："100 多平方米。"

"哦？不错嘛。"

等到物业公司的经理跑来开门锁时，陈斌斌还没顾上给他暗示，经理就直接说了："老年室就这间，其他房间的是物业公司的。"

领导又问，陈斌斌说："可能数据有误。"

"那，你们有没有室内健身器材？"

陈斌斌一想，有啊，就领到卫生中心的康复室去了。

初听陈斌斌这样说，愕然，老年室内健身器材，是怎么与卫生中心的康复室搭一块的？

不久恍然，这属于默会知识体系，才明白为什么陈全国说，我们最大的敌人是干部作风。

我关注机会和社会流动，和社区女人谈孩子，和大学生谈前途，访谈的套路是，先从家庭经济状况开始，住哪，买的房还是租的，有没有医疗保险，家庭结构、父母的教育方式、在校经历、生日和节日记忆，你决定未来时是如何作出选择的、当时手上有什么样的选项、是否参加国考？

反正，每个人都有自己的困境。他们分布在人生这座山脉的不同坡度，看不见前面是什么的时候，就会影响到判断。

问陈斌斌："怎么规划人生的？"

陈斌斌摇头，看不了那么远。

政府的目标是改善社区状况，大学生们则关注个人在社区的发展空间。

大学生去社区主要是为了报考公务员加分，因为公务员的招考，从社区招考的比例为百分之三十以上。他们的疑问是，大学生进入社区有发展吗？以后能有编制吗？现在不好找工作，可以去那里锻炼一下，如果没考上，干几年积攒点经验，有了社会经验，也许好找工作。

常说高考是底层或农村子弟唯一的出路，可高考制度不断从边缘往中心抽血，把大量精英人才抽到城市，而没有回流；从这个角度讲，大学生进社区，是一种对于基层的回流？

新来的大学生李鹏飞，用不了两天，惊讶地发现："哎哟喂，我们书记的电话太多了，一个下午都在接电话，我看她整个人都要炸了的状态……"

我问："打算在社区一直干吗？"

"不，你看我们书记，跟我是校友，她从新大毕业17年了，才刚刚是个副科……3月份我要考公务员，我以前在高新区娃哈哈干了几年，企业上流水线，工资虽然比这高，但人太累了，而且，私营企业，总觉得你在拿钱不干活……社区就是加班多，企业上加班给钱，这里加班无偿，这一点我不习惯，中午加班也就罢了，最怕晚上加班，还有夜班，我有健身的习惯，晚上要去健身馆，自从来了社区，就没时间去了……时间这么紧张，双休也休不了，而且工资不高，我健身需要吃蛋白粉，都吃不起……"

"为什么不去内地闯一闯呢？也许对你这样的年轻人机会多一些？"

"我爸是个老干警，强硬得很，特别家长制，我从小被压制，不太敢出去。我在新疆大学的时候，班上的前几名全是内地的娃娃，像我去了内地还不被挤扁了？新疆娃娃还是没人家脑子活，拼不过，回来就惨了，还是老老实实干吧。再说，我年龄也大了，"

我很惊讶："你多大了？"

"都 27 岁了。"

"这个年龄，无论你干什么，都是起步。"

他疑惑地望着我，直摇头。

从私企出来的李鹏飞，去了新拆分的小区，其规划和基础建设都好过老桃园。

绿顺是个还没开张的新小区，让林燕子过去代管 15 天，将上次来的大学生们统统派了过去。林燕子叨叨着："全给我些生葫芦，就不能新老搭配吗？"

所谓的社区划分，其实就是，适度的规模。

新来的罗建平，是大学生中唯一已婚的，有个三岁的儿子，一个贫苦的女孩，会更加当机立断地把自己嫁出去。她在那里抱着电话打了几天了，通知居民来免费体检，声音又尖又利，只有她一个人在打电话时，那频率听上去，像一群人在吵架。

海萍私底下说："天哪，她老公咋受得了她的声音。"

沙默会说，我们社区还真的没人这么能说，你看成微微，整天不吭声。

她送完孩子，顺道上班，满口都是，我老公、我公公、我后婆子……

记得上次我们入户时，进去的恰恰是她家，孩子喊："妈妈的同事来了。"

"怎么想起要来社区的？"

"我和老公是昌吉学院的同学，毕业后他考到一个镇政府，我到了一家私企。私企真不是人干的，各种克扣，各种不舒服，怀孕后就不干了。我已经三年没有出来工作了，孩子今年三岁。我公公愁得慌，说你年纪轻轻的，待在家里带孩子也不是个事，何况三岁的孩子可以送幼儿园了，我看见社区在招人，你要是能去和园社区，挺近，孩子也能管得上，把孩子送到贝贝幼儿园，就可以顺道上班。我一听，也挺好的，就报考了，就录取了……"

她既是分配到和园的社区大学生，同时也是和园的居民，孩子就在贝贝幼儿园。

在她身上体现出社区的意义：在这里生活，在这里工作。

"分配时，没把你分到别的社区，挺人性化的，是你自己提申请了吗？"

她一副心满意足的样子。"本来分到绿顺社区，后来我申请了，说了情况，就特意照顾，把我分这里了。"

几年的家居生活，罗建平的身上更多些主妇气息，婆婆妈妈地聊："我公公和我后婆子，是跳舞时候认识的，广场上的黄昏恋。公公回家也不知道先给娃把粥熬上，就等着我。我的老公公，现在我们困难的时候不帮我，将来老了，也不要让我们养老。我的后婆子人挺好的，比我亲婆子好，我们上次春节去亲婆子家，她拿出一件羊毛衫，2000多块。我一看就很气，明知道自己的儿子过得那么难，还显摆，我以后再也不去她那了……"

罗建平也像李鹏飞那样说过："在私企干活，人都没有尊严，私企一大家子人，老是用盯贼的眼光盯你，总觉得你在拿他们家的钱。说是让我管档案吧，见我一闲下来，就让我去工厂里叠纸盒子，反正巴不得什么都让你干了。我第一次来社区，就觉得这里好。我回去就跟老公说，社区的氛围挺好的，像一家人一样。他来社区给我送了一次被褥，一进来就感觉不一样。"

刚刚休完婚假的嘎小瑞，值班那天正好遇到督查，被记录在案：睡岗。

他给我讲了整个婚礼的各种折腾，新娘在伊犁，他们接亲，送亲，高速塞车，便道坎坷，你几乎要同情他了；另外的马云是玩手机，于是，和园被通报一次。到了第二天，没再见到嘎小瑞，一问，辞职去做生意了。

孔建荣是暂时住在社区的一个协警，他平时住在警车上，轮休时，住在社区。我问他的打算，对于前途的设计是什么。

他拒绝："不要问我这个问题。"

他们的普遍茫然是因为没有多少进取的余地，进而缺乏对于人生的主动规划。

每个社会都会有其不同程度的贫富差距，有的维持了公平、自由的流动，有的出现了阶层的固化，并非所有的贫富差距都由制度安排导致，也并非都能被人们感知。

近代以来，人类创造了种种政治和社会制度，以推动平等，但底层向上的流动，依然是人间最艰难的一种爬行，即使在当下如此富足丰裕的时刻，一个人仍然必须挣扎求生。

全世界都面临着工业扩张带来的技能过时、工作枯燥、失业、向上流动机会的降低。

从房产公司来社区没两天就辞职去做生意的嘎小瑞，从新大毕业在娃哈哈企业历练过三年的李鹏飞，从新疆农业大学毕业的黑小霞，在昌吉学院毕业后，在麦趣尔干了三年的罗建平，从克拉玛依技术学院毕业的方志，应届毕业生嘎超……尽管我们作为房奴、车奴、孩奴，活得很忙碌、很落魄，却始终不放弃追求有尊严的生活，一步步走向清澈，美好。

但愿，所有的个体努力都不被辜负。

老 兵

尼采说，当你向深渊久久凝视时，深渊也在久久
地凝视着你。这句话真是惊悚。但我想，既然花了那
么多的时间，为什么不去凝视山峰，让自己到达顶点，
为什么不去凝视火焰，让自己变得温暖？为什么不去
凝视花朵，让自己变得美丽？关键，在于选择。

2016 年 10 月 4 号，与沙默会在一楼大厅值班。

通常都是这样，社区值班人员的岗位在大门左侧，卫生服
务中心人员的值班岗位在大门右侧，之间有三米的距离。

今天对面值班的，是新招聘来的保安莫占全，他起身去给
一辆进入的车开栏杆。沙默会对我说，她与莫占全值班时，发
生了一件事。

那天，一辆车进到院子里来，进来时他没看见，等车要走
了，让他开一下栏杆。他不常干这些活，脚底下没个轻重，一
脚把杆子踹过去，结果，把人家的车蹭了个长印子。车主不依
不饶，追进来吵，他悄悄往那一坐，不吭声。沙默会看出来他
很无助，就站出来："你看门开着就进来了？中南海的门也开
着，你能进吗？"结果就燃起了战火："他把我的车剐了，得赔

200 块钱。"

"哎，说啥呢，这是我们社区的一个失独家庭，家里就剩他一个人了，还是我们的低保户，你个男人家家的，能不能绅士点？要多少，我赔。"

那人见状，撂了句话就走了："我把你记住了。"

我插话："什么是失独家庭？怎么就剩他一个人呢？"

"他才悲催呢！前妻离开了他不说，还与她的现任丈夫，带着莫占全的儿子、儿媳、孙女，在车祸中一起遇难。他儿子负全责，没买座位险，所以，没有一分钱赔偿……唉，他这一辈子，退役了没有安顿，老了没有养老金，只有退伍军人的涉核津贴。"

"为什么没有养老金？"

"他把自己改小了七岁，他是 1976 年的兵，不可能是 1963 年出生，可现在他身份证上的年龄还不到退休年龄。"

"为什么复员了没有安顿？"

"这你得去问他自己，我们社区哪能啥都知道，累死人嘛。"

沙默会继续："社区一有好的政策，都在照顾他。我去年给他申请了失独家庭补助金，每年 4000 元，莫占全是失独伤残补助金，一年是 4480 元，"

"国家有这样的政策，我们都不知道。"

"卫生中心把一冬天的雪承包给他扫，就门口这点面积，一个冬天给的是 2500 元；现在又聘他来维稳值班，给的是 2000 元，都在照顾他……刚来的时候，他不愿翻人家的包，说是侵犯人权。卫生服务中心的书记很不高兴，说你现在干的就是这个，守土有责，怎么能不查包呢？他是在家待的，见人都不会说话，现在你看，会跟人打招呼了。"

这时，一位打球扭伤了腰的小伙子进来了，另一位卫生服务中心的值班人员让他回家去拿身份证，小伙子说："我记得号码，给你写下来吧。"

"不行。"

两边僵持起来。

莫占全疑疑惑惑："是人重要还是身份证重要？"

值班人员说："我们都值了一年的班了，眼看到了年尾，通报一家伙，不合算，我不能担责。"

又进来一个30多岁的时髦女人，问："是在这做免费体检吗？"

莫占全站起来告诉她，"这一轮免费体检刚刚暂停了，要过了春节后再重新开始……"

女人一听就炸："人家都在体检，凭什么你们不检？这是惠民工程，你不检，我打电话投诉，告不死你……"

一直吵吵着把卫生服务中心的刘主任吵了下来，一听情况，刘主任郑重地像新闻发言人："我们今年的免费体检刚刚结束，现在的主要任务是维稳，请你理解。"

女人的高跟鞋哒哒地走远了，沙默会冲着走远的背影，追了一句："啥人嘛，拿着尻子当脸耍。"

莫占全一脸的动画表情。

又进来人了，莫占全笑眯眯地问人家："您来办啥事？"

来人拧着脖子："这上面挂着卫生中心的牌子，我不来看病，还能来干啥？"

莫占全解释："我们这座楼呢，一、二、三层是卫生服务中心，四楼呢，是社区，有人呢，来看病，有人呢，来社区开证明、盖公章……"

小声嘀咕："现在的人，这都怎么了，咋那大的火呢，就问一句，你住哪？就跳起来了，吃得饱，住得暖，国家还给免费体检……"

值班一年了，眼见的、经历的，不得不思考一个问题：无名火。

无名火往往与你无关，你不过是个导火索，刚被领导骂、被竞争对手黑、办事过程中遭刁难……敢怒不敢言，一回头，就把怒气转移掉了，这就是迁怒机制。

长期积累的无名火，被说成"弱势心态""受害者心态""公平焦虑"，因缺乏机会、缺少资源，被剥夺、被挤压……最终演变为"暴戾狂躁症"。

市场经济、网络媒体，带来自由平等的意识，多元表达的平台，人们对自身权益越来越"敏感"；但权利从来都是相互的，不少人只放大自身权利，却忽视他人权利。

找到了问题的结症，有什么办法治愈呢？针灸？艾灸？拔罐？正骨？

等莫占全再次进来，重新坐在桌子后，我开始打量他。

这样的人吸引着我，人，就是……人，身份低下的、在生活中丧失殆尽的人，人，不是纸风筝，因为搜罗角角落落里的人性闪光，是文学的使命。

发现每次有小孩牵着手进来，莫占全都会瞩目，眼神一下子就变得忧郁、悲怆。

那天，与工作队的同事一起，敲了他的家门。

一进门，擦得亮闪闪的地板，擦得整整齐齐的盘子，晾衣绳上随风飘动的衣服……仿佛，都具有一种精神性。

看得出，为维持这样的整洁，他投入了大量的时间和精力：晾晒衣物，于是，衣物清新洁净；打理植物，于是植物蓬勃盛放；擦拭地板，于是锃亮……这一切，回应着他的生命意义。

莫占全守着一屋子的全家福过日子。屋子里，有一股沉默导致的霉味。

怀念，对他来说，不是生活的片断，而是人生的浓缩。

照片中的女孩看上去大约四五岁的样子，经过多年触摸，相框的边角有点磨损。

他喃喃呓语：晚上，家里飞进一只蝴蝶，可能是孙女变的，因为它细细的脚紧紧抓着那张孙女照片的镶框，我捉住了它，又放走了它……希望，能放走自己的悲伤。

他特意强调阳台上的那株植物，你看，这是儿子 2005 年拿回来的树苗，只有手指头粗，现在，都长到天花板上去了。

没有什么花朵，什么草，什么植物，是为了打破宁静而生长的，如果没有爱。

他有着自己的内在钟表，内在的眼睛和内在的声音，用于内在的生活，忏悔、爱、整合，重新确定日常生活的准则。

我把一天中的事项都排列好，好像这些小事很重要，不能忽略，可大的答案早出来了：要走向死亡，我只是在死亡前，做些自以为有用的事，填补时间的空隙。

读过一个孤独者的故事：他一次次去参加陌生人的葬礼，只为让自己感受到有人相伴。在葬礼后的招待会上，他编造自己与逝者的故事，人们聆听他的故事，分享他的情感，一种特殊的社会关系暗暗生长。

八点，屋子和我同时活过来，这一天还虚虚地悬着，空着。事实上，一个人不在了以后，与你个人感官有关的一切都不在了。花在，草在，蓝天白云在，但人不在了，就是消亡。送走全家人后，我发现这世界居然纹丝不动……

早上，掀开被子，可惜，悲伤不能这样被掀开……

我坐在床上，把头埋在手里，如果维持这个姿势久一点，等全身都麻掉的时候，所有的悲伤就会停止。

天黑了，最后的光影从地板上跳起来，在明亮和黑暗之间，只有我，一个模糊的人形，瘦高高的，去向不定，看得我赶紧跑到屋子里，去开灯。有时我醒来，小心地动一下手指头，再小心地动一下脚趾，都还能动，便一阵欣喜，然后，又坠入黑暗。我知道，那一天，迟早会来……

睡不着的晚上，把家里大大小小的椅子凳子，集中在一起，自己坐在照片中，与他们合影，一连几个小时给他们讲述……

他让思念震耳欲聋，让往事铺天盖地，让怀念容不得片刻分心。

我宅惯了，不愿意出门久了，时间一长不回来，椅子上的余温，就凉了。

悲伤会迅速地吞噬一个人，甚至，胜于细菌。

我感觉自己像个锚一样，在渐渐下沉。一边活着，一边下降，降到一座坟墓里。

停顿。

回忆混浊到遮蔽了时间的流动，总也沉淀不清。那是因为，一个孤独存在的人，很难对自己的经验进行反省，也很难从中总结出清楚明了的意义来。

这天晚上，在网络上看到一位育有一个四岁男孩的主妇尼科尔，今年3月，将迎来一个女儿。不幸丈夫1月份意外身亡，生前希望能与妻儿拍摄一组合影。这位孕妇在摄影师的帮助下，拍摄了一组"跨越生死"的家庭照，感动了十万网友，让我立马想起莫占全满屋子的照片与他的讲述：

我与他们的母亲，儿子和他的新婚妻子，其实……都不那么和睦。

现实中，人和的人关系总让我觉得不那么舒服，可回头看，那谈不上美好的普通生活，是生活中最重要的东西，"当初若是这么做的话"，或"当初若是这么说的话"……之类的感伤，袭上心头，人生总是那么来不及……

那天，儿子临走，把一双鞋子摆得整整齐齐。

我生活的大事记就是那一天的灾难，那天，隐隐约约感觉到，许多事情已经在水面下悄悄酝酿了，却装作什么都不知道，直到我的人生往后翻了好几页，再也无法回头挽救。

前妻、儿子、儿媳、孙女，全走了，就剩下我一个人，从那之后我经过了漫长的岁月。

世界从不在乎你要的公平，无数独自疼痛的时光，终究需要自我去穿越……

33岁的儿子负全责。那是一个断头路，天刚亮，朝阳的反光，让他以为是路面，车飞出去几十米，翻转，扣下，爆……

长时间的停顿。

尽管他的儿子负全责，但假若，那条路上，有一块小小的提示牌……

如果没有反省与思考，没有追责，任邪恶、恐怖、罪行，降临到别人身上，终有一天，我们会亲自温习这苦难。

房子是儿子贷款买的，出事时，刚刚还完贷款，儿子在硫磺沟煤矿，煤矿给了五万的抚恤金，退了三万的养老金。儿子的公积金到现在还没拿上，因为那属于夫妻共同财产，要出公证书；跟儿媳的父母一直联系不上，那边的人不到，我也就领不上。只把房子过户到了我的名下，因为房子是婚前财产，现在，一个家就剩下我一个了。

问：为什么身份证上的年龄不符？

唉，那几年，对年龄没有现在要求的这么准确，这种情况很普遍，我就为了好就业，把年龄给改小了。现在，我每年交600多元的居民养老金，要是能领上，一个月有200多，但这几年都领不上钱，等于我多交了十年的钱，却少拿了七年……

为什么复员了没回老家？

……处了个对象，我超期服役，复员后就结婚了。本想落户到对象那里，结果阴差阳错，什么也没落下，单位没有，工作没有，退休金没有，人也没有了……

现在靠什么生活？

我是马兰基地的涉核人员，民政局每月给500多元的津贴，每个季度打到卡上，能保障我一下。

他进卧室去拿老兵的证明。我注意到，从客厅走到卧室，他在门口换了一双拖鞋，而这个家里里外外只有他一个人，他取了证件，又换回拖鞋，到沙发上坐下。

时代不一样了，以前我们当兵的时候，没有领到退伍费，那个时候南海要打仗了，凡是老山前线下来的，两年兵就给四万……以前跟我一块干的临时工，现在都领 1600 元，我也争取过五七工，当时要一次性交几万，需要单位出证明，我没有单位……天冷了，像我这样对社会没有什么贡献的人，能住在这样温暖的房子里，我很知足了……赶上了这个时代好，政策都是为老百姓好。

小心地问：你是怎样度过人生的低潮期的？

度过？不，不，只有度，没有过。我在电视里，看别人倒霉时是怎么挺过去的，然后就是做家务，把所有的地方都打扫到，不留死角，一尘不染，让地板能照见我自己……我住的，是儿子媳妇的房……我愿意更多地回想生活中明亮的而不是暗淡的时刻，但我想不起来曾经的家人跟我一起有过的那些事情了，想不起来。越往前看，越暗，越往后看，越明亮。

我当过兵，体力好，早上十点出门，坚持锻炼走路，从来不坐车，用心照顾好自己。最怕的是老无所依，人到了 70 岁 80 岁，不可能不遭遇波浪。

去养老院吗？

他完全没有意识到在自言自语。

我喜欢拿着钥匙，想着心事，走得离家越来越远，在滨湖河弯弯的路上，拐一个很大的弯，傻子一样，脑子里也没什么思维……生无所恋地在路上溜达，在路上观察别人的生活，一个女孩，一对夫妻，三口之家，加上两位老人的五口……

去年，张警官给我联系了到滨湖河巡逻，我有严重的神经衰弱，用过安神丸，也不顶事，还有肩周炎，翻来覆去睡眠不好，一倒班人就会犯迷糊，干了一个阶段干不了。

我昨天去社区送照片了，他们建台账要用，现在只要社区有机会救助，就会有我。

是的，那天古丽在制表，失独家庭救助表，我一看，有他，不知道能救助多少钱，但在为他争取。

事情都有好的一面吧，哪怕是这么悲催的事情……它让我不怕死亡了。你看，院子里那些老人，我知道他们都在惧怕什么，我与他们没有共同语言。他们聊儿子，我没有儿子；他们聊孙子，我没有孙子；他们怕死，我不怕。我，能在天上见到他们吗？

停顿。

社区卫生服务中心在做免费体检，通知你做了吗？

做了，心脏不太好，再就是，睡眠不好……

我宁愿用沉默来表达，说话对我来说是一种折磨。

没有家的日子，桃园，因没有阳光而黯淡，拨动旧日琴弦，独坐微瞑，蒙尘的往事洞开，他静立其中，被残月清冷的光漂白，又是秋天，枯叶飘零，思念爬上光秃秃的枝头眺望。

落魄、痛苦、损失、背叛、默默无闻、自我对抗到最终的投降，把各种感觉都品尝到，就是一生。

我有个很大的毛病，自己这个社会地位，别人不跟我打招呼，我就永远不会跟别人打招呼。社交生活等于零，我从不去娱乐场所。独生子女证在老婆那里，一块没了，计生办的人也跟我说过，重新再做一个……

这是看不见风景的窗子。窗外，老迈黄昏呕血不已，渲染天空一片殷红。

所谓大师，就是能放之四海而皆准，普通百姓的生活也可以套用。比如，托尔斯泰说，幸福的家庭都是相似的，不幸的家庭各有各的不幸。比如尼采说，当你向深渊久久凝视时，深渊也在久久地凝视着你。但我想，既然花了那么多的时间，为什么不去凝视山峰，让自己到达顶点，为什么不去凝视火焰，让自己变得温暖？为什么不去凝视花朵，让自己变得美丽？关键，在于选择。

莫占全选择了悲伤。

最痛苦的眼泪，从坟墓里流出，为了没说过的话，和还没做过的事。

我与他的对话，碎碎念念的：

也许，到头来，人不在于活了多少岁月，而在于你如何度过了这些岁月？

我就是这样度过的，你看到了，生活就是这样对我的。

你觉得不公平？

当然。

可没人许诺过你这个世界是公平的。

可为什么，不公平的那个人是我？

这个问题，与宗教结结实实地撞个满怀。

那是一种看不见的重病，随着时间的流逝会产生可怕的后果。在某种程度上就好像从没尝过桃子的滋味，人会在无声中变得阴郁，愈渐苍白，一点点掉光所有的头发。

这个世界，总想通过一种残酷的打磨，把我抹掉。

总会有那么一天，从窗口望出去，一辆救护车亮着刺眼的光，呜咽着驶进小区，他一生都没那么亮过。于是，这世上的一个家，彻底消失。

从莫占全的家里出来，一路上，总觉得他家在漏水，滴答滴答的。

我开始盘点自己的人生：

如果，某件重要的东西，从我的生活中永远消失了，我最怀念的会是什么？

或许，是那些止不住的大笑；

与家人的聚餐，饮着红酒；

电话里随意地聊天，逗笑地拌嘴；

冬夜醒来，家人都睡着；

在一本旧相册上看到一句手写的老歌词；

小巷里熟悉的老冰棍的味道，让我人生的第一个理想是长大了卖冰棍；

懒散地躺在沙发上喝咖啡；

牵手漫步在博格达峰下，夕阳像天使的家；

试穿一双白色的摇摇鞋；

在一座陌生城市的朝阳中醒来，一醒来就去找我的地标博格达峰；

完全沉浸地看一部老电影；

感觉自己敏捷的慢跑……

活着，这一简单的事实，轻盈而美好。

我对现实中的人生悲剧不能自抑地心疼。

刚来社区时，总觉得自己啥也不懂，凡事抱着学习的态度。后来才发觉，知识，总会受到限制，技术性的东西，百度一下就行。小学生对老师说，给我两分钟，我知道的比你多。但想象力，思考力，爱与悲悯，却包含着整个世界。

回来后，把莫占全的要求告诉林燕子，马上要过年了，能不能把他承包的扫雪的钱先付一半……

林燕子嗔怪："这不是我们社区的事，是人家卫生服务中心和莫占全之间的事情，人家是合同的双方，卫生服务中心又没有说不给，我们社区去说，是什么意思？哪怕人家不给了，我们再去斡旋也行啊……"

话是这么说，不一会，见林燕子在楼道上，拦住卫生服务中心的主任，说，先给三分之一也行……

关于失独的问题，林燕子的回答很具政策性："前段时间有失独家庭上访的，说他们年轻时响应国家的计划生育政策，只生一个，现在独子没了，谁来养老，应该由国家补偿怎样怎样的。我回家跟我老公说来着，我老公就说，计划生育是国策，那么多人都受到了影响，你失独了，找政府要补偿，合理吗？现在放开二胎了，我也是独生女，那你说，让我的父母找谁说去？就像现在考大学的多了，当兵的少了，所以国家对于兵役的政策就做了调整，一样，此一时彼一时嘛。"

在沙默会召集的独生子女补贴发放会上，见到了莫占全，他不言语，与我交换一个寂寞的眼神。

12月的一个周一，莫占全参加完升旗，和我一起，回到值班的岗位上。不一会，飘起了小雪，那天是大雪的节气。我帮他一起扫着，一边听他沉默的内心里，汹涌的故事。

不忙时，与他聊几句。

来这里值班挺好的，至少与大家重新会合了，比在家里发呆强。

但他也抱怨，扫雪与值班，不能兼顾，不是没条件嘛，有条件了，谁会这个年纪了还出来工作？

这对你不仅仅是一份工作、一份收入，而是走出了自己，在服务社会中，体现了价值……

他说，我挺喜欢这份工作的，可就是，不愿意翻别人的包。

我笑，我在岗位上想不起来去检查别人的包，在公交上，想不起来让别人检查自己的包。没关系，这都是我们从小受到的教育，塑形的结果，说明我们是好人。

一天防刺服穿下来，心脏不舒服，我本来就心脏不好，睡觉的时候，我不能让被子压着心脏，否则就会透不过气来……

外面在飘雪，又问："过年没问题吧？"

"这不，社区刚给了5000多元，失独家庭补贴，挺好的……"

他还有许多懵懂的事，人家给他解释，你的工资不到发的时候，这是在履行一下财务手续，但他疑惑，问我："我领工资，还让我打借条，那是不是还要还？工资还要上税？我以前没听说过，我们那会……工资应该是税前还是税后？"

在我离开社区三个月后的某一天，遇到曾一起值班的卫生服务中心的刘医生，我问："莫占全还在那吗？"

"不在了。"

"啊？"

"那个人太正直了，他不愿意翻人家的包。"

当一个好人受到伤害，所有的好人定然与他共同经历磨难。

    钟，

      为高尚的人鸣响

      为善良的人鸣响

      为瞎子和残疾人鸣响

      为一个失独者鸣响

      也为失去了一切的人，鸣响。

筱微：一叶知秋

　　微小的美丽存在，它们发出光芒，微弱，但经久不息。

　　2016年春天，初来乍到时，筱微的名字，就出现在我的包片里。

　　一个微小而谦卑的名字，一个尿毒症患者，一个低保户。

　　第一次见她，是那次社区活动。去石河子军垦博物馆的车上，导游在介绍飞巾的三种用法。之后，林燕子与筱微合唱了《感恩的心》《好人一生平安》。

　　除了黑瘦，看上去状态还好，不言不语地，微笑着。

　　关于她，我听了林燕子极具震撼的简述：她和老公感情非常好。医生诊断她不能生育，但她很想给老公生个孩子。结果一怀孕就是尿毒症，孩子没保住，花完了所有的积蓄。老公在给她借钱的路上，出了车祸。

　　第一次去筱微的家，想象着她的家庭氛围会如何阴郁。

　　但一进家门，窗台上，满是生机盎然的绿肥红瘦，家具上，满是碎花的布艺覆盖，沙发上、床上、桌上、椅子背上，甚至小板凳上，都是粉红的碎花布套，让微醺的生活气息，扑面而来。

看我惊讶，筱微一笑："都是我自己做的。"

缝纫机在阳台上，话题，就从布艺开始了。

"我前几年在摩力克店，做窗帘生意，一个月 3000 多元。自从病了以后，不能干店了，就在亚中市场，领一些计件的活回来做。现在的社会，只要你肯干，没有挣不上钱的，就看你挣多挣少了。"

我打量面容周正，下巴开阔，双腮单薄的筱微，她居然这样看待生活。

她打开微信："你看，这是林书记帮我揽的活。上个月林书记一个朋友要搬迁，就把窗帘的活给我做了，挣了 1000 多元。大家都在朋友圈里给我揽些生意。"

她接完一个电话："找我做板凳套子的、社区的沙发套子的，也是林书记找我做的。"

社区干部的工作做得这么细致，是我没想到的。想起电影里唱诗班在唱：和孤单的人在一起，和需要帮助的人在一起……

"我是 2000 年结的婚，老公是 2007 年遇车祸不在的。之后，我申请了低保，每月领 400 多元，要是不够了，家人还贴一点。我爸在奇台的家里有十来亩地，包出去种小麦了，一年能有个一万来块钱，我爸疼我，比疼我弟还疼。"

说着，老父亲从乡下来看她了。和筱微一样瘦，一样高，黝黑的脸上沟壑密布，只要耳朵上夹支铅笔，活脱脱就是罗中立的油画《父亲》。

丈夫车祸去世后，她常常与父亲一起相守着，那份眼神的默契，犹如一对恋人。

我的眼神一直在父亲身上，而父亲怔怔的眼神一直没有离开筱微，那眼神，割疼所有失去了父亲的女儿心。

我轻声求证林燕子讲给我的故事："你丈夫……是在借钱给你住院的路上……出的车祸吗？"

筱微起先摇头，后来又点头："也有关系吧，他也是为了多挣点钱，把原来开的小车改成了开大车，结果，第二天就出事了……那天晚上我半夜起来，在窗口站了许久，当时并不知道，这叫预感。接到警方的电话的那一刻，我在窗帘店里干活，蒙了，第一反应是给我爸打电话，我爸说，你别哭，别哭，我马上到……"

真不敢想象，那个淳朴的农民父亲，是如何颤抖着，替女儿接过这塌天的噩耗。

农民贫困时还有土地，地有产出，城市居民的贫困该如何考量？能出台一项神奇的公共政策，让这些家庭的问题像魔方那样一下子就拼好吗？

最好的方式，也许是从点滴做起。

从低保户筱微家回到社区，林燕子正从街道开会回来，我说："我见到你在微信上，给筱微介绍的活……"

林燕子挥挥手："嗨，都是些小活，挣的也是些小钱。我一个全国最小的书记，又不认识那些大老板，就社区的一些活，提供给她。过端午了，让筱微给社区干部做了个床单。"

在底层，政治的义务不单取决于提供帮助，有时候，行政的管理会化成林燕子与筱微这种个人联系，一句话、一个动作、一个微笑，都是关爱，简单地给钱给物，并不能填补这道裂隙。

那天，筱微来到社区，给林燕子送来她买的一盒袜子。原来，她开始做微商了。做窗帘要搬很多布匹，要压库存，做微商，真的挺适合她。

我买下一盒，看到对面一位哈萨克族女护士在值班，便送她一双："好穿的话，再买她的。"

筱微是这样些许的微小，但随着万物互联，人类在网络中连接、互动，一切都在网中，机会不仅仅属于年轻人、健康人，也属于她，只要以柔软的心态去面对。

我们从缝纫，谈到互联网。互联网对时代对个人的影响，历历在目。马克思讲，人的本质是社会关系的总和。互联网重塑了社会关系，从而重塑人性关系。从这样的意义上来讲，互联网是人性的延伸。它深化了熟人社会，拓展了生人社会。

最大的善良，不是赠人以鱼，而是授人以渔。

在趋炎附势的现状里，我们没有做到的，互联网做到了。

那个周四，上午 10 点的督查会后，我又去了筱微的家。

"想你今天在家、一、三、五要透析。"

"是啊，我根本出不了远门，隔一天就要透析一次，我靠它维持生命，像狗一样，被拴住了。"

"每月透析费用是多少？"

"我每个月到民政局去盖一次章，报销百分之七十，报完后，我自己只出六七百块钱，因为我在享受低保，我的病友们每个月要花 1800 元呢。现在政策好，对我这种困难群体，倾向挺多的，有大病保险，有'一站式救助'，我们一去透析四个小时，大家在一起，都在聊一些好政策……记得我小的时候，邻居家一个女孩，因为病，吊死在一墙之隔。你看我现在，坐在家里赚钱，我爸跟我说'你要是见到习近平了，赶快跪下，给他磕个头'。"

听见这话我不禁抬眼，见消瘦的筱微，一张黄扑扑的脸。

我好奇在透析的那个房间，他们聊些什么。

"每周聚三次，一次待四个小时，大家都熟得很了，掏心掏肺地说话，更多的时候是皱着眉头，计算医疗费的报销。有些人一辈子的积蓄，在确诊的头几天就花完了。这个病一时半会儿死不了，又活不好……有个19岁的女孩，透析已经两年了。病友们就诅咒：这个病最不讲理了，也不分个老少，想祸害谁就祸害谁。

"每次，我看着护士操弄那个透析机，把针刺入血管，把血导入软管，引进透析机，看自己的血就那样一点一滴，在管子里洇成暗红，觉得自己被抽干了一样，枯萎憔悴。三个多小时过去了，病友们都昏沉沉地睡了，我听着机器嗡嘤的声响，想，每个人都要死的。

"直到，透析室的门重新打开……

"你知道透析吗？就是代替肾脏工作，把毒素代谢掉，但营养也就代谢掉了，所以每次透析后，人最虚弱，最疲惫，特别困乏，我每次骑自行车去，回来时就骑不动了。"

从医院出来，风吹来了，筱微把上衣领口裹紧了些，骑上单车，吃力地回到位于桃园的家。

拉开亲手缝的碎花窗帘，阳光，像金灿灿的花朵，盛开满屋。

当用来求生的大把时间闲了下来，筱微开始整理自己的物品，多半，是些各式各样的碎花布艺。生命，多么像这些容易凋谢的花朵。

除了整理心绪准备透析，更多的时候是浇花，移苗栽菜，缝纫，绣花裁边。她不断地做缝纫，用碎碎的花布，护卫起自己的家。

此时，她躺在碎花床套上。难受时她就这样躺着，久了，懒惰消沉。

39 岁的筱微，清楚地知道自己的病情。

她站在窗前，觉得窗子像一只渴望的眼睛，在没有希望的日子，该向哪个方向延伸梦想？

午后的太阳，风，摇动着窗台下的爬山虎，我从床踱到窗，碎花的窗帘不肯飘扬。

风，是唯一的朋友。

突然，就瞥见了死亡。

我常常跟死亡下棋：我移动一个日子，白色的，他移动一个日子，黑色的，今天它攻击我的肝，明天它攻击我的肺，我在医院里经历种种诊断、等待、恐惧、手术、化疗、疼痛，赢了它一个日子，但它又移动了一个黑色的灾祸，丈夫走了……

10 月 18 号那天，接到筱微的电话："毛姐，你在民政局有没有认识的人？"

我等着她的下文："我每个月的低保有 412 元，社保要交 700 元，这 700 块钱中，养老是主险，占 500 多元，医疗是副险。我想退掉养老险，只买医疗险，我根本用不上养老险，每月还要交，对我来说挺重的。要是只买医疗险，每月就只 200 多元，我一年的负担就轻松很多。我听见透析的病友说，他们有退掉的？"

我问："你打问清楚了吗？"

"清楚了，有个病友两年没交养老险了。但都是找人办的，你千万别说人家找了人，人家是好心告诉我的。"

我说："既然有人这样做了，那就说明有这样的政策，而政策，不可能只针对个别人，而是符合政策的一类人。你先写好一个情况说明，到社区盖个情况属实的公章，再去找，或许会容易些。"

第二天，我问了社区对应口子的王彩霞，她打了电话给社保局，答复是不可以，不买养老金就没有医疗险，两者是捆绑的。

正想着该去找谁，执拗的筱微又来电："毛姐，你不用找人了，我办好了。"

"这么快？"

果然，她找到社保中心时，人家说，回去，写个情况说明。

"我已经写好了。"

"那，到窗口去办吧。"

到了窗口，人家让她去征缴科，"一个女科长，挺好的，我给她说了我是尿毒症，没有能力交养老，能不能光交医疗，没想到，这么痛快……"

听她兴奋地絮叨："以前我每个月交 700 多元，从 10 月份开始，就只交 290 元了。我出来的时候，想找到那个女科长，说声谢谢，可一直也不见她。我吃的那些药，很消耗人，抵抗力、免疫力都差，血色素低到 75 克，我发烧烧得人难受，没法等住她，就先走了……"

很高兴筱微去追寻了政策的公平，也很高兴她得到了政策的公平。

问到租房时，筱微踟蹰了一下："这个房子是我租的，每月 900 元的房租。"

"我最大的心愿，是想申请一套廉租房，最好，能离医院近一点，因为每周要去三次……听说廉租房每月 50 块租金，我能承受。只是一年一个政策，以前廉租房要摇号，之后摇号也没有了，说是补钱让你去租。我又不懂政策，不知道啥时候才有。听说是个人先备好材料，社区报到街道，街道报到民政局、房管局……"

"现在没有廉租房了，现在叫公租房，廉租并轨，需要提供你的收入证明。"

当我变身为一个讲解政策的社区干部时，体会到政策与居民的距离，绝对不是挂在墙上的口号，它真的是百姓的期盼。

几年的透析，让病情稳定了些。此时的筱微，安下心来，在独处中，想想今后该做什么。

"透析的时候，病友都有人陪着，大多是爱人。直到生病，我才觉得自己并没有想象中坚强，一个人做检查、一个人拿结果、一个人上手术台。父母都六七十了，不想让他们悲伤的眼神击垮自己……我现在有个男朋友，"她顿了顿，我用内心的喜悦鼓励她，"我告诉他了，我是尿毒症，所以，我们……没有领证，他只是把租的房子退了，搭个伙过日子……"

她有了些许红晕，"他在万通钢钩，好的时候 5000 多元，少的时候 3000 多元，都补贴给我们过日子了，我只管自己的病。在家做缝纫，轧窗帘，轧被套，再加上社区给我介绍的活，挣点加工费，能养住自己，赚够每月的透析费。我们在一起两年多了，他以前是厨师，给我做好饭，我中午带上在医院吃，能省点钱，在外面吃费钱。家里人都说，我现在气色多好多了……现在，我纠结着，应该把房子留给父母，还是留给照顾我的那个男人。"

剥开真话与不得已的搪塞话，我听明白了：这套房子其实是筱微的，老公出事后，因为他是第一责任人，原来每月需交600多元的按揭，也由银行接着付款，不用再交房贷了，但她想把这个世上自己唯一的财产，桃园两室一厅，70多平方米的房子，过户到父母名下。她只能以这种方式报答了，然后自己申请一套公租房。

"他们一个劲地给我操心，从来没让我尽过心意。"

但仁厚的父母却让她留给那个外地来讨生活的、照顾他们女儿的、勤恳的汉子。

筱微的脸上一抹亮泽："我家亲戚说，我还怪福气的，遇到了现在的男友，每次透析回来特别乏，进门他就给我做饭。"

"真好，他是生活和命运送给你的礼物。"

她迟疑了一下："是吗？"

我看着她的眼睛："难道不是吗？"

片刻，她若有所思："是的……我今天回去就告诉他。以前我难受的时候会对他吼，让他滚出去，这房子里的一切都是我的……"

这一笔，点亮了一个苦情故事：不必为构成城市的楼群悲伤，它们中间，最动人的，还是生活现场里，那些些许的、微小的，人。

我发现自己更易接受生活中落魄的人。越来越明确了自己的关切，不是靠构思，而是靠生活中和人物的自然接触，让主题，逐渐显现。

回到社区，我对林燕子回馈了筱微的诉求，申请公租房。没等说完，黄艳云打断了我："假的，筱微现在的房子是自己的，是老公按揭买的。出车祸后，被她过到了父母名下，自己名下无房，就可以再申请公租房了。因为她是低保，符合申请条件，她父母不符合，她想把父母从奇台接到昌吉来……这样的人特别多。其实，能申请上的，百分之三十是真正需要的，那些住经适房、廉租房的人，牵京巴狗，开豪华车，多的是。"

今晚，我带着筱微的问题，带着一个微小生命的体温，在互联网上寻找"廉租房"，深入一个庞大的政策体系，去探索它们之间的联系。

一篇文章跳出来，《保障房到底保障了谁？》

原来，保障房是动用国家财政的惠民措施，给城市低收入人群以住房支持。但保障房本身伴随着巨大的利益，于是高收入者向官员拉关系、走后门、行贿，以取得经适房；官员则通过审批大权，操控保障房房源，腐败、寻租，推波助澜了保障房的骗购骗租。审计署 2015 年对保障性安居工程跟踪，发现一年中有数万家庭违规骗租廉租房。

在韩国，建立了动态信息库，包含个人收入、信用等级、家庭情况，政府可随时追踪；美国每年公布和调整低收入群体和极低收入群体的入住资格，对已入住的，定期审核，勒令未通过审核者迁出，直至强制搬迁；在香港，申请公屋时虚报家庭资产，一经定罪，最高罚款港币五万元，监禁六个月；也可判相当于少收租金款额三倍的罚款。专门成立"打击滥用公屋资源特遣队"，突击家访，侦查疑似滥用公屋的案件。

目前，我国对骗购骗租还没有专门规定的罪名，一般都是"立即纠正，并取消其在五年内再次申请购买或租赁保障性住房的资格"。

保障房在社区要办理的手续，一是看收入标准，二是看住房面积。

但我们并没有一个居民收入的申报制度和个人收入的账户机制，结果是，个人的真实收入，保障房的申请程序，像需要的社区办理的诸多手续一样，特点是，"烦琐而未必严格"。申请人提供收入证明、劳动合同。在逐级审核中，上级看下级的，下级看社区的。但社区的沙默们会们难以确定，比如那个"超正"的妈妈，来申请廉租房，问她要收入证明，她就一脸的尴尬，"我就是因为没有收入，才来申请廉租房的。"

因为国内的个人收入账户机制没有建立起来，不动产登记没有实行全国联网，所谓审查只是简单核查申报人的基本信息，真实收入无法统计，这才有了宝马进出保障房小区的怪相。

7月21号，我值班，给筱微打电话："你要是不透析，来社区聊聊……"

筱微来了，戴着一顶漂亮的凉帽，取下帽子时，头发稀少。

这次，从她的家，她的婚姻，聊到她的病。

实地介入的最大特点是，自然。我可以默默地观察，循序渐进，像朋友间的闲谈，比"中断式"的调查问卷，能得出更贴近事实的结论。

我和老公是发小，他不是那种油腔滑调的人，不喝酒不吸烟，感觉挺可靠的，他特听父母的话。

我们在昌吉开了个理发店，租的房子，每月1000元。2004年的时候，我们在桃园买了房，按揭，每月还700元。

那时我一直在喝中药，乙肝指标一直往上涨个不停。他在绿旗的厂子里卖保健品。日子紧紧张张，婆婆有时会补贴一点粮油面米菜，日子虽穷，但没病是件多好的事情。

2002 年，初次怀孕的筱微被诊断患有妊娠肝内胆汁淤积症。只要一怀孕，就不分泌胆汁了。来自农村的丈夫是独子，婆婆以及所持有的传统文化，都让不能怀孕成为一个问题，横亘在她的生活中。

尽管平时不谈，彼此不说。

真生不了，就离婚吧。

老公不同意。

纠结到最后，她决定冒险一试。

最终，孩子没保住，病情却明朗起来，2008 年时，被确诊为尿毒症。

生活，绽开唇齿，笑着直视人的每次遭遇。

在花完了全部积蓄后，他就去给别人开车。原来开小车还好，他心急，想多赚点钱，改成开卡车。他开大车没经验，婆婆坚决反对，你不撞人，人家会撞你……因为他小时候出过一次事，婆婆给他找了个干爹，给拴住了。结果，也是因为心情不好，第二天就出了车祸，到他出事为止，我们结婚八年了……

我没去现场。那时候，不仅看病需要天天花钱，像个无底洞，而且，一趟趟地跑交警队、法院、检察院……这些与我原来的生活毫不搭界的部门，跟他们打交道，特别无助，不懂政策，不知道该咋说，不知道该咋做，不知道咋样才对自己有利，无助得直往深渊里落。最灰暗、最撑不下去的时候，在心里喊："谁来帮帮我？"

我听到心痛，停下来，去旁边超市买了两瓶苏打水。

她一再说，我不喝水。但我不知就里，拧开瓶盖，放在她面前。聊了一个上午，她只喝了一口。

后来才知道，尿毒症病人需严格控制饮食，不能吃干果类，更不能贪水喝，水分排不出来，积到胸口会引起猝死。难怪，筱微的嘴唇一直干裂着。

我必须吃淡一些，不能喝水，我最羡慕的就是人家能大口大口地喝水，人不痛，不难受，能大口喝水，就是修来的福。

每每写作时，我总能把茶水喝成一条河，从不知道这可以被人羡慕。在日常中，平常中，庸常中，还没那么剜心入骨，就已经出现了种种的坏脾气，乖戾、偏执，这些，都是我自己已知的缺陷。

聊到中午12点半了，林燕子从街道开会回来："筱微来了？你可以做政府的免费体检。"

"真的免费？太好了，给我朋友说一下吧，他上次体检，花了300多元呢。"

在我随手扔掉空瓶子时，筱微拿着整瓶的苏打水，走出社区的大门。

看着筱微瘦削的身影，我心里装着筱微的故事，装着打动我的让人心疼的老父亲的眼神，打动我的老父亲的交代，"见到习近平给他下跪"……

真不知她的勇气来自哪里，是对生命的热爱，对生活的热爱？尽管那些热爱来自于痛苦的深渊，但深渊里也会翻卷出浪花，那么绝美。

2017年2月，在乾居园小区巡逻，与她擦肩而过时，她喊"毛姐"，拉下围巾，她脸色发黑。我只能问，上次脖子肿，现在好点不？她有点言不由衷，好点。

上次去她家时，筱微状态不太好，她叙述着痛痒：低烧了一两个月了，脖子血管肿疼，天天都不好过，敷上芒硝；想转到医学院，说没有床位，让我到社区卫生站去打抗生素，抗生素吃得多了就恶心，最后肺部感染，烧起来了……

　　男友回来，一个精干的小伙子，马上去给她去买芒硝用来外敷，买黄芪泡水喝。

　　虽然现在要求痕迹化工作，但我不能给她的男友拍照，人家以后还会有自己的生活。

　　新一年的访惠聚工作队员已经接续上她了，是报社的马玉，正在微信上为她搞一个轻松筹。

　　真正的理解总是从人性出发，设身处地，否则就不足以把别人看得那么透彻，这个坚强活下去的女人，展现出生活的种种可能：

　　因为自尊自强，她没有被生活开除；

　　因为国家的低保政策，她没有被疾病开除；

　　因为互联网，她没有被时代开除，没有被世界落下。

　　她住在桃园，有一扇洒满阳光的窗，有一个铺满碎花布艺的家。窗台上，无论虎刺梅还是玫瑰，所有的生命，都只盛开一次。

断不尽官司的片警

社区，本就是一个亲情的地方，须保持一种个人关系的介入，这就是社会联系在社会结构里所起的作用，这就是片警。

这天值班，见到买买提宝地馕店的老板娘，花头巾，花长裙，迎面走来，仿佛满身都在微笑。因为汉语不大流畅，她见到我迟疑着，然后笑笑。

没有草戒指，只要微笑，也是交流。

不一会，一对老年父母闯了进来，脸红脖子粗，声声要找林燕子告状，我说书记不在，去街道开会了。"那我就给你说，我来告儿子不养，那个王八羔子不养亲爹，却让小姨子在他家里坐月子，你说，丢人不？"

这是一对农村老夫妇，从乡下赶来，要他们住在桃园的儿子，将三室一厅的房子，给他们一间。"我不住，但我锁上，因为是我掏的首付……"

他愤懑地不假思索，极具撞击力的方言鱼贯而出，老妻在关键处，给他加注一下，动作的幅度，活像报幕。

林燕子交代过，像这种情况，他不是来解决问题的，是来发泄，你听着就行了，时不时地，表示一下下同情，就可以了。

张警官匆匆下楼来："去干什么？"

"上高峰。"

"嗯？最高峰是天山博格达？"

"想啥呢，出行的高峰时段，我们得去七校的马路口，指挥交通。"

他急急忙忙走了。

在和园的大小门面店里，到处都贴着张警官的照片，我们巡查沿街门面房时，他一进门先看："把我贴哪了？"

找了一圈："哎，你把我贴在柜台后面，这能看到吗？有事打电话啊，这上面都有。"

我们去了33幢楼的几户公租房人家，其中一户维吾尔族人家，门一开，墙上是挂毯，地上是地毯，几上是精美的桌布，四十几平方米的家里，被主妇精巧的心思布置得整齐整洁，带着这个民族特有的华贵气息，带着生存的尊严。

张警官问得仔细："户主是你公公的名字，然后现在是儿子一家三口在住？"

"对，我叫奴尔莎。"

奴尔莎叹息："我老公开公交车，你看，现在昌吉市的公交车都降到一块钱了，工资收入也少了，以前都5000多元，这个月才1424块。我老公身体不好，只能上半天班，全天班上不下来。我心脏不好，腰椎间盘突出，不能出去找工作。那天买菜去了，走在路上，腿疼得我哭掉了。老公打电话来，你咋了，是不是腿疼了，你打个车回去吧？女人嘛，省一个是一个，哪舍得打车？我老公赚钱不容易，他一个人养活三口，自己的男人，我心疼呀！好在，孩子上学免掉了一部分费用。昨天儿子回来说，妈妈，你把房子收拾一下，我们校长和班主任要来呢。儿子的学校也知道我们家里的情况，来慰问呢……"

张警官说："好，要是有什么好机会、好政策，符合你们家情况的，我就给你们报上去。"

奴尔莎感谢着送我们出门。再敲邻居家，没人。

奴尔莎说："明天，她回来的时候，我带上她去社区，有好政策也给她一下，她也困难，自己有病，一个单亲妈妈，孩子在上大学。"

第二天，奴尔莎带着女邻居来了，她们不仅来张警官那做一些备注，还想打听一下居民医保，询问一下，她的儿子在大连上大学，已经享受了助学金，但因为是单亲家庭，能不能有些生活补贴？

负责低保的古丽不在，我就带她们去问最懂政策的黄艳云："是不是有个金秋助学？"

黄艳云不等她说完，就明白了诉求："不行，你的户口不在和园，你要去户籍所在地提出你的请求，何况，你已经享受了呀……"

两个女人有点讪讪。

她们再去警务室，已经转身了，奴尔莎忽然嚷嚷起来："我们要不是有困难，谁不愿意在家待着，谁愿意到这里来跟人说，我困难得很，我需要帮助？现在政策这么好，你就这样对待我们民族同志，我又没有吃你们家的饭，又没有跟你要钱？这个同志昨天晚上去我们家了，想帮助我们，问你这样子行不行，那样子行不行，你就把脸拉得一米八长……"

等把她们送出警务室，张警官沉下了脸："千万不要给那个高个的女人迁户口。"

"高个的？她叫奴尔莎，为什么？"

"她贩毒。"

我惊讶："你咋知道？"

"我查了警综平台，她有案底。"

"哇……据我所知，贩毒的人都住海边别墅，她怎么住公租房？"

"你电影看多了。"

"哇，这你都知道？也是在警综平台查到的？那，咋不抓掉？"

"也不能光抓呀。"

"这么说，是抓了又放出来的？"

"我只能说这么多。你也看到了，昨天从她家出来，我立马就打电话给她联系工作，是吧？是人家那边不要人了。"

张警官一脸凛然："你知道毒品害了多少人吗？

我熟悉他这种凛然，上次，张警官进大门时，发现值班的马云在看手机，他在会上说："以后，我每次从门口过，见到玩手机的，就通报，见一次通报一次。"

工作队的小徐说："你这样做，不过是想择清自己。"

张警官尴尬了，干脆承担下来："确实如此，我通报你了，你没改，责任就不在我了。不择清自己，我负不起责。"

这就是我们为什么有那么多整改通知的原委。

回到大厅，黄艳云嘱咐我："像这种情况，依我的经验是，不解释，只要户口不在这，一律免谈。你也不能说，你去户口所在地办，万一她在那边办不成，又会生出好多事来。"

张警官是有故事的人，只是他太忙了，像泥鳅一样抓不住。这天我值班时，张警官在门口等一个民警来送材料，我便见缝插针。

　　"最夸张的事？青年南路的小饭馆，一个人请朋友吃饭，点了一个西红柿炒鸡蛋、一个土豆丝。结果，朋友没来，他就赖皮，不想付账，理由是，炒鸡蛋的那个西红柿不红。没听说过吧？店主就说，我们把它拿到什么地方去鉴定一下，看红不红？就这，我接到报警，去了，咋说都不行。"

　　"最后呢？"

　　"来硬的，让他掏。"

　　"还有一次，那个人去裁缝店改了一条裤子，结果，说是裤缝轧得不直，就不交五块钱的手工费，他不交，人家就不给他裤子。"

　　"最后呢？"

　　"我给掏掉了，赶快，走人。"

　　这些被"微"化的、微观的日常生活，都对宏观的社会，带来斑驳的影响。

　　我那天看见宝地馕店的买买提，在与张警官打台球，上去打声招呼："哦，他店里的伙计，回喀什了，我来看看新来的伙计。"

　　"哈哈，谁输谁赢啊？"

　　"无所谓输赢，娱乐一下嘛。"

　　我发现，对面一角的馕店，显然不如宝地的生意好。

　　无论是林燕子给筱微在微信上揽活，还是张警官余暇时与宝地的买买提打台球……社区，本就是一个亲情的地方，须保持一种个人关系的介入，这就是社会联系在社会结构里起作用。

正说着，有人来对张警官说，小区里，有个男孩在大声哭泣，几个大妈围着他问了半天，你是谁家的孩子，咋了，为什么在这里哭？原来，爷爷因为他没做完两张卷子，在公交车的中途，赶他下车了……

这就是片警。

在回家的 55 路公交上，我问司机："公交司机只跑半天车，上半天班，每月是 1424 块的工资吗？"

"不，半天也得 3000 多元。"

"那么，昌吉市的公交车票价都下调到一块钱了，跟司机的工资有关系吗？"

"那没关系，我们是按趟算的，就像计件一样。"

这个故事，正按照自己的逻辑，还远远没有结束。

广场舞，拽住生命的尾巴

小心你的食指，它很容易指责别人。

对于上一辈人的生命故事，我们倾听，倾听完才能理解，理解他们的行为，理解了，才能产生宽容，而唯有宽容，让我们共有的世界，更美好。

12月13号那天，飘着纷乱的雪花。满大厅都在为六户人家要动用维修基金的事吵个不停，一时不会有结果。还有两个来月工作队就要撤离了，我得抓紧时间，再做点家访。

于是去了林燕子的父母家。

我还是听林燕子夸张的叙述。说升完国旗后，陈斌斌拆开一大袋洗衣粉，给大妈们分发小袋装的，没领上的，直接跑到林燕子的妈妈家去要了……才知道，林燕子的父母亲就住在桃园。

最好的办法不仅仅是观察，而是互动。我从林燕子开始了个人关系的构建，一步一步切入到她的成长经历。

找到楼幢时，才发现，林燕子的父母亲，与筱微是邻居。

敲开门进去后，不大的房间里，简单整洁。母亲身材高大，脸形开阔，健谈，父亲比起母亲来，相对委顿一些。认真地听着妻子的叙述，时不时纠正一下时间和细节：

我父亲 1949 年随汽车团开进新疆，被称为汽一团，那时新疆没有火车，物资都是从西安运到新疆的。父亲复员后，去了南疆；母亲成了随军家属，在军工厂纳鞋底，就在阿克苏下面的一个团。

我 1969 年上山下乡，我们那一代人都下乡了。我今年 66 岁了，年轻的时候特别要强。我是第一批知青，又是第一批入团，一天挑 500 公斤，肩膀上垫着洗脸毛巾，走两公里，把牛粪马粪砌得像楼那么高。一天干下来我是第二名。我是最小的、唯一的女孩，只有 17 岁。结果，累成严重的肾病、尿血、腿肿、脸肿，我撕掉病历，谁也不说。

回家吃饭的时候，我当医生的哥哥一按我的手，出现一个深深的坑。他让我妈问我，尿不尿血。那时候是用尿盆，我早就看见里面有血丝了。

指导员逼着我住院，两个多月回来后，我就到了幼儿园。

那些个孩子，在小木头板凳上，哭的哭，叫的叫，我教他们唱歌跳舞，把一把木头梳子，掰成两段，给他们梳理整齐；把洗脸毛巾从中间剪开，给他们用一半，把脸洗干净，一个个就漂亮了。

在砖块上搭个板子，教他们写字，还编排了六个节目。那时候全场职工晚上要学毛选，在前 20 分钟，我领着孩子到会场，他们的父母都在下面坐着，看孩子们表演，首长高兴得不得了。我也不知道别人是咋带的，但都说我带得好，就那样干了四年。

我是 1969 年参加工作的，到了 1970 年，每月工资 18 块钱，吃的是馍馍夹菜，喝开水。再后来就有了工农兵上大学，其实就是培训。张铁生交白卷的时候，把在乡下表现好的一批学生提了上来，我那时候小有名气了，团里点了我的名，张水玲。但让大家选的时候，学生排就不选我，因为人家在大田里，肯定比我辛苦，80个人往那一坐，就我是白的，是温室里的花朵，他们都是黑的。但老职工选我，我把他们的孩子带得好，选我去上了师范，几万人里挑了不到100人。

其实我的文化还是蛮低的，上完初一就"文化大革命"了，老师被送进牛棚。从师范回来就开始教学，一、二、三年级，轮回地教。直到有了燕子，下决心一定让她上大学，后来就跟着她爸爸调到阿克苏市，我就改行搞财务。

那时候，我们娘俩是农村户口，只有她爸是城市户口，意味着只有他一个人有粮票，林燕子来城里上学，没有户口也不收。我就找到学校，你们先考一下吧，这个孩子从小是我教的，平时我就把铅笔拴在板凳上，板凳拴在锅头上，一边做饭烧菜，一边教她拼音……

第二天我再去学校问，可不可以上？人家说，孩子考得不错，学校收了。我这才敢说，没有户口，刚从团场上来。

就这样，没掏高价，就上了学，那年燕子六岁。

说到了婚姻的缘分：

我妈死的时候，妹妹八岁，我把她带到单位上，带到集体宿舍，带着上培训班。被子挨着被子睡。那是1974年。我把一个馍馍从中间掰开，一人一半，用筷子把菜从盘子中间划开，生怕自己吃多了。

八岁的妹妹能吃饱，但我半年没吃饱过，天天饿得头昏眼花，迷迷糊糊，记下的笔记都和别人不一样，怕自己毕业不了。

一个阿姨说，实在不行，就找个对象吧？

我的条件是，只要人家能把我妹妹带去照顾上，就行。

阿姨就做了媒。

我丈夫的情况是这样的：他的舅舅和我爸一样，也是1949年进疆的。只不过，他是扛枪走路来的新疆，因为伤残，没有后人。组织上照顾他，他就从四川老家过继了姐姐的一个儿子，来养老送终，就这样，我丈夫就来了。

他来了之后，跟我们一批分的工作。你是不知道，1969年那会，"文革"呀，学生们都打红眼了，一棒子打死了一个工人老大哥，成为烈士——就是我丈夫的舅母的前夫。舅母是很慈善的一个老太太。后来就有人撮合他们，舅母在医院门口，捡了一个小女孩，叫红红。就这样，烈士的前妻成了我的舅母，捡来的红红，成了这个家庭的养女，三个人过得很好。

开了一片菜地，养的鸡下蛋，鸭也下蛋，一头猪喂到80公斤。人家吃肉都要肉票，老太太心善，对这个从四川农村来的外甥很好，炒一缸子肉拿到单位上，大家吃。

听说有人给外甥介绍了对象，舅母很高兴。我当时只想解决眼前的困难，让妹妹能吃饱，让自己能撑到1975年毕业。所以，第一次见面我就同意了。他当时就把妹妹用自行车给带走了。我妹妹就和红红一起玩，一起上学，一起染红五星。我的负担立马就轻松了。再到下个礼拜来的时候，给我拿了些换洗的衣服，我的日子开始有人关照了……

毕业后，我们被分到各个学校，一张桌子，挤五个孩子……

这就是毛选上说的，在战争中学习战争。

胜利渠是1949年开挖的。我们一团、二团、三团即参与其中。凡是活的东西，都用这个渠里的水。因为是天山上流下来的雪水，泥沙厚，所以每年都要清淤，清淤是最重的活。

河这边是农村户口，河对面的阿克苏，就是城市户口。我对燕子说，这是一张 10 块钱，这是两张 20 块钱，多一倍是不是？你好好学习，就只给学校交一张。

我干财务时，把饭盒放在生铁炉子上，她放学了就来吃饭。一次，她发现黄阿姨的抽屉没锁，"妈妈，这里有好多的钱，新新的五毛钱。"我赶忙说："丫头，你别动，好好看着，我去叫她。"一趟子跑到她家，拉上她就跑，"你的抽屉没锁……"

还有一次，燕子在我的财务室里踢毽子，恰恰就掉到了保险柜里。燕子又喊，妈妈，好厚的钱。我过去一看，天哪！我是会计，一眼就知道，是我们整个单位人员的工资。那时候我每个月45元，那是100多人的工资，一捆一捆从银行提出来的，封条还在，出纳居然没锁保险柜。我急急忙忙去喊，黄大姐，快出来。她说，什么事，我锅上还有菜呢。我说，你的保险柜没锁，我丫头给你看着呢。她还不相信，等我回来，燕子一直看着，一动没动。

唉，那个黄大姐，有个 14 岁的儿子，是个精神病，丈夫经常对她家暴，儿子就看会了，也打她。三口人就这样打打打，她心力交瘁，所以谁都没有抱怨过她。但万一错了，我是第一个怀疑对象，我都害怕进这个办公室，最后，坚决要求给我换了办公室。

我们的谈话，被几个大妈打断了："水玲，跳舞去。"

我知道这是她们雷打不动的项目，于是告辞，约好第二天，继续。

第二天敲开门时，林燕子的母亲又刚刚被叫走，还是关于跳舞的那些事情，场地、服装之类的。

我听有点木讷的父亲叙述：

我叫林智祥，四川南充人，你知道吗，来新疆的有三种人：一种人是支边，一种人是自动来疆，再就是复员转业人员。

我来新疆是属于组织照顾。我的舅舅是正规部队来的新疆，现在老了，身边没个人照顾，舅舅回去探亲时，就把我带来了。我家姊妹五个，大的结婚了，小的还小，我那时候21岁，正好来了就可以工作。

新疆比我老家好太多了，这么大的平原，从来都没见过。

但不是谁来都可以，要有人担保，到连队至少要十年之后才能调动。四川的地紧张得很，多少人口多少地，人一走，地就没了，所以就有了棒棒军。能吃苦的不是四川人就是湖南人，以前修楼房，抬空心板，五六层都抬上去，全是四川人、湖南人，甘肃人都不抬，后来才有了吊车。我来新疆是1968年，一来到兵团就给了平房住，就有了工作，工作就是种地，种水稻、苞谷。种地还算工作，还发工资，哪听说过这回事？

我一去就拿13块钱，老职工才31块钱。拿了两年，后来24块钱，拿了一年，后来就31块钱了。种了三年的地之后，开始让我在机械队学开车，也是组织上照顾老同志，算是走后门，让我一直开到退休。

退休前，团里进了几台农机设备，分到我们机械队，我就开起了拖拉机。我们跟部队一样的编制，营下面有六个连队。到了80年代，兵团的地承包给了私人，机械队解散了，开始给私人干活。

怎么调到阿克苏的？

阿克苏开始城市建设，开始修路。那个开刮路机的司机，刮出个死人，吓得当场就不干了。工程又急，他们找人，就找到我了，我以前开推土机，人家问我愿不意到阿克苏来干活，谁不想去城里干？我不是干部，来城里不要指标，就来了。但燕子的妈妈是干部，要指标，才能解决户口问题。阿克苏每年就有两个户口指标，都解决的是工程师、技术员，轮不到我。

没有户口就没有粮食，那时候要粮票要布票，百分之二十的大米，百分之五十的玉米，蒸成苞谷馍馍吃。我在外面干活，就尽量在外面多吃一口，回家省一口。

就这样也比我留在四川的兄弟好得多。紧跟着，哥哥他们一看在新疆能挣到钱，就都跟来了，把娃娃也带来了。

婚礼？1977 年的元旦，家里办了两桌，自己家里养的猪。

我是 2007 年退的休，去年 22 万卖掉了阿克苏 108 平方米的房子，到昌吉来买了这个 50 多平方米的房子，给林燕子带孩子。

不一样的地方？阿克苏那边的广场上，凳子是木头的，很人性化；昌吉这边的凳子是水泥的、石头的。那边的冬天不冷，昌吉的冬天冷。

印象深刻的事情？有啊，昨天林燕子妈妈也说了胜利渠。1999 年的时候，自治区和兵团下了文件，不再开荒了，因为水跟不上，除非自己打井。3 月、10 月，这两个月没水，棉花、水稻、玉米，都不用水了，是清淤的时间段。我参加过清淤，柳树枝编的筐子，从渠里挑出泥来，再倒到河对面，那是最累的活。现在都用机械化了，以前都是人力，人挑。

戈壁上的水闸经常被损坏，那些牧羊人，一生气就用坎土曼破坏掉它。我们就巡逻，坏了就修。民工在渠上修小水闸，我就开车去送水泥沙子，说是上午去，下午回，我就带着燕子。

结果，一天的活没干完，晚上，只好把卡车开到桥洞里，遮点风。戈壁滩上人烟都没有，辛苦得很。

我丫头从小就成绩好，乖巧，考上大学的时候，上午拿到的通知书，我下午才回来。老婆告诉我了，我喝了一瓶又一瓶，那天我喝得最多了，一公斤……

燕子给我们办好了异地社保，以前看病必须去阿克苏报销，你看现在，活到 75 岁，国家给钱，活到 80 岁，再加 250 元、加 300 元，国家就是鼓励你多活几年嘛。

就是不满意女儿的婚姻，外孙女上的舞蹈班、古筝课、英语课，都是我们在掏；她首付的房款，也是我们交。因为女婿有一个植物人的哥哥，五年了，家境不好，帮不上忙。

我的任务是接娃娃上学放学，然后每天出去打牌。我们有十来个固定的人下棋打牌，现在小区有打牌的地方，有下棋的地方。我们一直在给政府打报告，想简单装修一下，至少墙要刷一下的嘛，但社区没钱。

她妈就是每天跳舞，跳舞的有 40 多人，她们每月一个人交五块钱，这些人就找林燕子她妈，嚷嚷着，找你丫头要场地去……

问题？有啊，我的问题，我丫头解决不了，市上解决不了，州上也解决不了……

我打断他："那你就别继续了，你丫头说，如果州上都解决不了，那就不是问题。"

他哈哈大笑。

但我真的会被自己的好奇心害死："……究竟，是什么问题？"

"嗨，我们是老市政公司，是事业单位，行政管理。以前我也不知道这种划分，现在知道，事业单位哪怕一个烧开水打扫卫生的，都拿 5000 元，我们这些干部才 3000 元，因为不是吃财政饭，所以没有阳光工资。我们去行署找过，去地委找过，都说是单位没钱。现在我们夫妻俩加起来是 6000 元，要是有了阳光工资，我一个人就 5000 元……"

从林燕子家里出来，路过亭子，广场舞正在酣热。

有观点说，上一代人的成长充满物质匮乏、社会运动的元素，所以无法心平气和地对待身边的人和事。一个人不能很好地对待他人，说明他很少被他人好好地对待过。于是总是能看到这样的标题："坏人变老了"，"老人变坏了"。

有人说，从广场舞能看到当代中国的社会生态：理想主义的破灭、集体时代的残留记忆、城市化进程、商品房小区、人口流动、陌生人社会、空巢家庭、少子化家庭、老龄化社会、公共设施缺乏等社会问题。

她们曾被一群群地对待，只有一个名字，叫"知青"。现在，她们想要一个个地体现自我，又因为无法和知识精英、政界要员、商业大腕，在公共的媒体平台上分享话语权，于是，广场舞以集体之名，成为一种新的社会联结，一种新的文化"表达"。

我在广场舞中，认出了林燕子的妈妈，那个曾经把自己累到尿血的 17 岁的名叫水玲的女孩，舞动着她兵团故事里跌跌绊绊的人生。那一代人的青春，不是被享受着度过的。如今，他们仅有的当下资源就是，在摘星星摘月亮的翩翩起舞中歌唱着：青春不悔。

老年，处于生命旅程的最后阶段，在一系列连续不断的丧失中，老人总是后悔没有好好珍惜，直到面对死亡时，才更懂得欣赏日常生活，更看重当下感受，每一天当下的好日子都是赚到。她们，在翩翩而起的广场舞中，努力地，悲怆地，拽住生命的尾巴。

我刚刚从他们的青春故事里退出来。那段被讲述过的故事，与当下的广场舞旋律一起，让逝去的一个世纪，归来。

昌吉是个屯垦城市，上世纪60年代来的那些年轻人，已然进入了老年。如果对社会养老问题有兴趣，昌吉这个城市是个很好的落点。

小心你的食指，它很容易指责别人。

对于上一辈人的生命故事，我们先去倾听，随着倾听，才能理解，理解他们的行为，理解了，才能产生宽容，而唯有宽容，让我们共有的世界，更美好。

一个环节是解开另一个环节的钥匙，如果不理解，就更容易批评他们。

如果城市化进程、市场化开放，能够将红利分配停当，而不只是一片发烫的商业地皮，年轻人不会与老人撞在一起，打篮球很好看，生龙活虎，广场舞也很娱乐，宛如那句诗：众神不写作，他们跳舞，他们歌唱。

穿过广场舞，回到社区，好奇地问林燕子："你的小姨现在怎么样了？"

"小姨？哎呀呀，我妈一直对我爸说，你丫头是人家抱大的。我姥姥生小姨的时候年龄大了，她有点木乎乎的。在我们家，我喊妈，她喊姐，那频率几乎一样样的，一天一百个。因为我妈对她过度溺爱，结果是她不懂规矩，没心没肺的。我妈有洁癖，成天地拖地，她只是跷起腿来，让我妈拖。我和我老公要是在我妈那过夜，都会早早起来做早餐；小姨倒好，连孩子都上到桌子上了，她还不起床。她从小学习不好，嫁得不好，过得也不好，就因为她，我妈才早早嫁出去的。

小时候跟我爸他们在野外，住帐篷。他们打了一圈狼，找不到了，一进帐篷，狼在帐篷里呢，我在睡觉，三岁。

还跟我爸去偷苜蓿，苜蓿是马最爱吃的草料，我们偷回来人吃。我爸我妈那一代人，吃饱肚子是个大问题。谢天谢地，现在我们不用，我的孩子也不用了，所以我爸我妈到了现在，一个月就花 500 块钱。当然我会把米面油送过去，春节送去一只羊，他们能吃到五一……

买买提的馕

经历了两千年时代变迁，唯一没有改变的是，馕，能填饱你的肚子。

五一国际劳动节，和园社区举行了踏春活动。林燕子交代，参加集体活动，请大家互相尊重，只带清真食品。

林燕子拎着一袋馕，喊着："没吃早餐的，分馕，分馕。"她把一个馕分成几块，"大家现在吃的，是和园社区买买提宝地馕店的馕。我今天去那买馕，买买提问，咋买那么多？我说，今天社区去石河子军垦博物馆，搞一次红色之旅，他就送了我们25个馕。好吃的话，大家都去宝地买啊。"

后来的一天，我约上古丽，来到宝地馕店。

不善言谈的买买提，用微笑跟我们交流。

每逢这种时候我总想，戴上一只神话中的草戒指，就能听懂所有的语言。维吾尔族男人，必须学会一项本领，打馕。

33岁的买买提一直跟着父亲做小生意，父亲去世后，生意陷于困顿。维吾尔族谚语说，"人要是穷了，出去走走，就能找到谋生的路"。于是买买提从南疆英吉沙，来到天山北坡昌吉。

一个外人到一个主流文化当中，如何去跟这个文化融合，经历这些的人们，内心里一定会有很多焦虑，怎么解决？这都是人类的主题。

古丽翻译着我的问题："你在英吉沙也开馕店吗？"

买买提腼腆一笑："不，那里家家户户自己打馕。昌吉人口集中，才有这种需求：我们全家在桃园小区开馕店，已经五年了。"

言来语去了解到，他正打算把邻居大一点的门面租下来，为此新做的"买买提宝地油馕店"的招牌，正等着挂上去。

"一天能和多少面、打多少馕？"

"三袋，一袋面粉能打90个大馕、120个小馕。"

后来才知道，维吾尔族人有关于馕的禁忌：和面时，烤馕时，禁旁边的人为馕数数——或许，这是因为生命无常，而馕又代表了生命本身？

我为自己的无知惭愧。心想，三袋面，每袋面粉25公斤，真是繁重的体力活。

古丽说："傻呀你，现在都是机器，谁还手工和面。"

我进到狭小的店里找了一圈，只见一口大铁锅，一个电子秤，便问："机器在哪？"

买买提道："机器没有，胳臂和面。以前想过买个和面机，但馕的口感就不好了。"

这时，三三两两下班的行人，在馕店前，停下自行车、停下摩托车，一辆白色轿车一脚刹车，喊一嗓子，"三十个。"买买提应着，车开走了，这，就算预订了。

饮食学揭示，有一门关于个体的科学，可以让我们通向普世性。食物像钻进真实的论据："告诉我你吃什么，我就说出你是谁。"

馕，是新疆人无须翻译的语言。

新疆人无论民族，都接受了馕。

馕，体现的是一种生活的常态。

我喜欢在一条街道的拐角处，看汗流浃背的维吾尔族小伙从馕坑钩出一张张饼，欢快地随着音乐抖动双肩，会被他们内心的快乐所感染。

那天，看到一种拳头大小的馕，不似以前常见的馕饼，便问，怎么卖？摊主伸出两个指头，我递出两块钱，他看我一眼，"二十块"，我诧异："一个？"他耸耸肩："一公斤！"

我们为这种不经意的误会，相视一笑。

馕，在烤制过程中，完全蒸发掉了水分，所以久储不坏，且不管多硬，只要一点水，立刻松软。

当年，张骞穿沙漠，带的是馕；唐僧越戈壁，带的是馕；安史之乱，唐玄宗与杨贵妃向咸阳奔逃，带的还是馕。今天，新疆人上远路也带馕，驴友徒步，领队评估队员的食物，会问：带了几个馕？

馕，盐水和面，发酵，搓成若干面团，中间薄、边沿厚，将碎洋葱与芝麻涂抹其上。把馕饼反铺在馕托上——馕托，外层用干净结实的布料缝制，里面塞有棉花，维吾尔语称"盖孜南"，用馕托把馕贴在坑壁上，洒盐水，盖住坑口，烤熟后，用铁钩钩出，一个个馕油亮生辉，松软可口，连香味都不会被浪费。

维吾尔族人崇馕，"馕是信仰，无馕遭殃""谁有馕，谁就有生命""饭是圣哲，馕是神灵"，形成一套有关馕的禁忌：禁践踏，馕渣要放到高处喂鸟。在街头，常看到有食物放在电话亭、窗台等高处，那一定是维吾尔族人的善举。简单行为的背后，有着一套价值体系的支撑。

有则维吾尔族故事《谁更伟大》：一位毛拉手捧《古兰经》宣教，说明其伟大，能给人现世的安逸和来世的幸福。人们想试试，《古兰经》伟大还是馕伟大。把毛拉关进一间房子，房梁上悬挂着一个馕外，再没有任何依托物。头两天，毛拉在高诵《古兰经》，第三天，诵经声听不到了，头昏眼花的毛拉，脚踩圣书，取得了悬挂的食物。

在茫茫沙海点点绿洲，珍惜食物，就是爱惜生命，一个大馕，掰碎了，让更多的生命接受福泽。甚至在人际交往中，有这样的谚语："如果没有馕，希望有馕一样好的话。"

他们非常注重构成自己的生活之盐。

盐是洁净的，盐可调味，能调和百味。我们活着，被赐予了生活之盐，它超越职业，超越强烈的情感，超越任何立场，构成了我们生活中轻盈和美好的那一部分。

古代维吾尔族人崇敬和恐惧自然物，后来演变成赌咒，事关重大时，会脚踩着盐这类的神物发誓，如敢违背，会长疮，会生病，会瞎眼，会受到地狱烈焰的煎熬与铁锤的锻打。

从新疆的馕，到意大利的比萨，再到俄罗斯的面包，都是农耕文明的结果，讲述的都是麦田故事。

在天山南北，香脆的馕，算个独特的食品，是维吾尔族人的主食。街面上天天见面的馕店，让我想了解一些胡饼的引进。由蒸饼、汤饼，到胡饼、烧饼、麻饼，再到今日的面包，一曲麦田进行曲，也许就是历史的进化过程。

馕，中原人称"胡饼"，在敦煌遗书中，有26种饼的名称，"胡饼"是其一。张骞通西域后，胡饼普及内地，"胡饼"的名称从汉到宋，一直在中原流行，对中原饮食文化产生强烈影响。东汉时，宫廷里兴起过胡饼热。

馕，是农耕文明的结果。只有在烤坑中烤出的才叫馕，反之，即使形状类似，也不能称"馕"。

维吾尔族人善于炙烤羊肉串，善于做馕。这看似简单的两项技能，却涵盖了人类从游牧到农耕的慢慢进化史，却在维吾尔族人的饮食习惯中体现得最为突出。

城镇的维吾尔族人最早也是最普遍使用的馕坑是用泥做的，即土馕坑。现用由砖块砌的馕坑，今多被铁馕坑、燃气馕坑替代。

尽管现在有了铁馕坑、燃气馕坑，但买买提的馕坑，是夯土结构的土馕坑。

馕坑高一米左右，馕坑坯是用羊毛和黏土，做成倒扣的缸形，四周用土块垒成方形土台；

所谓土馕坑，就是用黏土和泥，和泥时不断添加羊毛，起到黏合作用，高一米左右，内部像欧洲酿制葡萄酒的木桶，坑底留一通风孔，四周用土坯垒成方形土台，底部架火。

买买提说，土馕坑打出来的馕脆，放几天都不变味。至于土馕坑里的燃料，过去多用无烟煤，但无烟煤烤出的馕有煤火味，最好是用木柴、梭梭、红柳，甚至用果木；现在用的是天然气或电——燃料的改变，是技术的改变，也是时代的改变。

不经意地一梳理，发现馕坑点土成金，简直是一首泥与火、火与盐、盐与小麦的礼赞。

问："馕店为什么取名宝地？"我甚至想到了阿拉伯的寻宝

故事、阿拉丁的神灯故事。

买买提笑而不答。

妻子热娜娅走过来，静静地听我们说话，她高挑、典雅、内敛，用简单的汉语说，几分心疼："别人都是昨天晚上发上面，他不，天天 5 点起来，不用和面机，手工和面。"

我赞叹她的漂亮，沙默会说："你见过不漂亮的维吾尔族姑娘吗？"

热娜娅说："自己在家带孩子，大儿子六年级，老二是丫头，一年级，还有两个小的。每每等把孩子打发上学走了，才去店里给买买提帮忙。"

热娜娅一定很幸福，丈夫买买提如此为了全家拼命。旧社会时，为生活所迫，乡下的女孩"一帽子打不倒，就可以嫁人了"。如今，婚姻自由，文明进化成为点点滴滴的常态。

一直都有着去了解人们的愿望，无论他是 60 岁还是 30 岁，都愿意把他们从人群中细细地甄别筛选出来。

最大的心愿？买买提停顿片刻："最大的开支是房租，店租。现在还请人炸馓子、油果子，生意好，店里的伙计一个月3000 块的工资。希望能开一个自己名下的馕店，有自己的房子，让孩子们在昌吉落户、在双语学校上学。"

不可否认的是，很多少数民族汉语说不好，造成了交流障碍，也妨碍着他进入主流社会，只能在内部寻求社区居民的肯定。因为国家对双语教育的大力普及，南疆的很多孩子，汉语都比老一辈说得好，买买提确信，只有不断接受教育，才能改变命运。

每个维吾尔族婚礼，都有个盐与馕的环节：那个重要的证婚环节，被称为念"尼卡"。仪式上，准备一小碗盐水，泡两块小馕。阿訇问，是否愿意结为夫妻、永远相爱、互不抛弃？新郎高声回答"愿意"。红着脸的新娘羞答答张不开嘴，被大家起哄："像猫叫，没听见！"于是急性子的伴娘喊出"我愿意"，举座哗然。

答完，新郎新娘抢吃盐水蘸馕，象征爱情像盐和馕永不分离，还寓意着谁先抢到谁当家，所以到了这个环节，刚刚还娇羞矜持的新娘，下手比新郎快。

婚礼第二天是揭盖头仪式，群人用歌舞表达对新人的祝福。宴请结束后，年长的客人离去，青年人留下，等待为新娘揭盖头。这时男方有一客人，一名轻巧敏捷的少女，突然从人群中跑出来，将面纱揭去，新娘的真容显露，让新房欢腾起来，手鼓起，热瓦甫起，对对青年跳起麦西来甫。

对于崇馕的维吾尔族人来说，馕已经超越了食物概念，与音乐舞蹈一起，融入血液，成为一种向往。

告别这对抢吃过盐水馕的夫妻，我在想，馕，究竟是什么？

阿凡提把纸和笔分给王宫里的几位哲学家、逻辑学家、法律学家，说："馕是什么东西？请写出答案。"

"馕是一种食品。"

"馕是面粉和水的混合物。"

"馕是烘烤熟了的生面。"

"馕是可以变的，可以根据自己的需要把它做成圆的、方的、大的、小的……"

"馕是有营养的物质。"

"馕是没有人能真正知道它到底是什么的东西。"

"馕是真主的恩赐。"

阿凡提说："很简单的问题，回答得一个比一个复杂。"

"那么，你来回答一下！"国王说。

"非常简单，馕是吃的东西！"

馕饼的籍贯源于波斯，是一种面包。起初，维吾尔族先人们把馕称作为"艾买克"。伊斯兰教圣人穆罕默德以长矛征服中亚、西亚各国后，伊斯兰教便传入我国新疆，这种大饼在我国西部地区开始称馕。

经历了两千年时代变迁，唯一没有改变的是，馕，能填饱你的肚子。

一再追问买买提，为什么叫馕店宝地？此时恍然，如果说，能填饱肚子的是馕，那么，能把馕卖出去，养家糊口的地方，不是宝地又是什么呢。

泥土馕坑，手工制作，以天地为炉，有着日月的轮廓，带着千年时间的香脆。

文化是重要的黏合剂，甚至，饮食文化也是。昌吉，这个富庶的绿洲，它的城市名片一是生态，二是美食。

在回社区的路上，穿行在这个约一万居民的社区，举目所见的这些窗户里，人们究竟在怎样谋生、怎样安家、怎样利用闲暇的时间？

林德夫妇从 1890 年开始，建构了中镇的 35 年。为了把握全貌，他们将社区生活分为六个部分：谋生手段、建立家庭、教育子女、利用闲暇、参加宗教仪式、参与社区活动。

我尝试着将买买提一家套入这个公式：

1. 谋生手段：打馕；

2. 建立家庭、安家：这对盐水馕夫妻，先租，后按揭；

3. 教育子女：三个孩子都在读双语学校；

4. 利用闲暇：打台球；

5. 参加宗教仪式：他们不是在这里举行的婚礼，没有在这里举行过葬礼，但不知有没有过割礼，宗教活动是每日做乃麻子；

6. 参加参与社区活动：我在大厅值班时，看见热娜娅在社区参加免费体检的人群中排队，冲我一笑，很好看。

再次在桃园小区路过宝地馕店时，发现他的门前又新增了一些品种，炸馓子、油果子。

还是在值班时，见"宝地"的买买提来了，日子富庶了，他已经挺着一个肚子，汉语依旧不太流利。每次见面我们都会意地，以微笑交流，简单一问：生意好吗？好。

哪怕是一片小小的馕店，它也是商业性质的，而商业总是流动的，变迁最快的是经济，经济导致了其他领域的变化，比如娱乐、教育、家庭。于是他从南疆的贫困地区向北疆流动，在富庶的昌吉扎根。

等到张警官下来时，我问，买买提来找你干什么？

"哦，宝地的店里，新来了个伙计，他来警务室备个案。"

12月15号那天，眼看年底到了，工作队要离开了，我又挽着古丽，陪我去买买提的新家，刚刚从张警官那里听说，他们买了新房。

先到的馕店，生意一如既往地好，买买提忙着，妻子热娜娅取下围裙，领着两个小儿女，带我们回她的新家。就在店面的后一排楼房，我们一直爬到了顶楼，一切还是刚刚搬来的迹象。

断断续续地知道，这 60 多平方米的房子，他们首付了 6 万，贷款了 14 万，期限是 15 年，每月按揭 1300 元。喀什英吉沙的岳母那边的房子在征收，等征收完了，拿到钥匙，也想迁到昌吉来，帮忙带孩子，毕竟，孩子和生意都在这……

说着，摆上了炕桌，铺上了漂亮的桌布，摆上馕，摆上苹果。

她有两个哥哥，两个姐姐，都在英吉沙，以前在 9 号楼租住了五年，每月 1000 元的房租，搬进这里来，娃娃都高兴得很，现在，只交店面租金。

很高兴能在他们住进新房刚一周的时候，与他们分享新生活的喜悦。

买买提拼力打馕、买房、置家、送孩子上学、迁新居，为整个生存全力投入。

在社区，无论什么民族，人们都在为更好的生活而努力着，他们都是普通人，他们的努力价值千金。

不胫而走的，只有歌声

我被这些叙述吸引着，人间疾苦，是最动人的歌哭。

在打扫乾居园 5 号楼时，遇到一颠一颠的王智瑞，跟在妈妈身后，妈妈追着古丽，剜跟剜底，询问着低保政策："我儿子已经领了几年的低保了，现在新的政策要求把他的户口迁出去，才能继续享受，咋办呢？"

王智瑞在我的名单上，是个精神病患者，也是个低保户。

王智瑞的妈妈，60 岁的高桂花，有着糖尿病。我去入户的时候，女儿在她三室一厅的房子里坐月子，所有的门都紧闭着，只有 36 岁的智障儿子王智瑞，在客厅里看电视。

妈妈说，儿子生活不能自理，每天只是跟你要吃的，吃完还要吃，喝完还要喝。唉，有这样一个儿子，真是愁得慌，我都这个年龄了，将来他咋整？

本以为迁出户口是件容易的事情，就是去社区办个手续呗。跟母子俩坐在沙发上聊了，这才知道：

"迁户口，另外立户，就得买房，要有一套房子，才能落户。他一个精神病患者，哪里来的一套房子呢？何况，他一刻也离不开我的照顾，这根本就不现实……我老伴退休工资 2000

多元，儿子每个月有 400 元的低保，管大用呢。唉，智障儿的脾气特别大，脑子又不清楚，一到夏天光往外跑，拉都拉不住。我怕他摔了，家里再忙，都要带他出去散步，出门买个菜都得带他。家里一没人，他就搞破坏，砸东西，放火，根本不干活。我背不动菜，让他帮忙背一点，得哄半天。一丢了就去找，一找回来就作。要是再断了低保，你说咋整……

"这样的孩子还挺多的，上次我带他去医院，医生说，你不是刚刚查过吗？哪里，那不是我们，这样的孩子都长一模一样，像舟舟。"

"怎么得的这个病？"

"唉，那时候我们在兵团一个连队，离医院太远了，婆婆在家给接的生，几个月大的时候，发烧，烧坏了……

"最大的心愿？给他找个地方待着，将来能有口饭吃。"

每个智障儿背后，都有一个无比勇敢的妈妈。

我被这些叙述吸引着，人间疾苦，是最动人的歌哭。

每个人都因为受到束缚而痛苦，牵着绳子另一头的并不是某个人或某个阶级，而是芸芸众生。

那天与队友郭主席值班，对面，卫生服务中心的值班岗位上，女医生在与她的同事唠叨着家常：

我生下孩子，我妈白天咋带都行，晚上说啥也不给我带，说，你当妈呢，娃把你叫妈呢，你得知道当妈是咋回事。把我累的，每天面对小孩，不面对社会，差点得了产后抑郁症。我剖腹产四个月上的班，一上班就好了。在家有一股无名火，我哪有命吃一顿现成饭，得看老公的脸色，老公高兴了才做一顿。

我妈就说我，你现在光知道上班上班，不学点厨艺，没两把刷子，将来哄不住儿媳妇，儿媳妇不来，你就既见不到儿子，又见不到孙子，孤家寡人的，看你可怜不可怜……

如此圆润的逻辑，听得我瞠目结舌。

这个我们熟悉到腻歪的世界，仍有无数的微妙，像一场突如其来的即兴演奏，让人怦然心动，就像鲍勃说的，"有些人能感受雨，而其他人则只是被淋湿"。

不一会，女医生换岗了，来的是位哈萨克族女人，是药房里的药剂师。

郭主席打开手机里的哈萨克族音乐，伴随着一声声骏马的嘶鸣，立即把哈萨克族女药剂师吸引了过来："你在听我们哈萨克族音乐？"

郭主席说："是啊，是我姐夫给我发过来的，他们那里的摔跤比赛，你看，还有视频呢……"

"你姐夫？"

"我姐夫是哈萨克族。"

女药剂师索性坐在我们这边，攀谈起来。

这就解释了为什么不同的人能从某段音乐中获取同样的情感内涵。

郭主席事后说："我值了半年班了，她都不大跟我说话。你看，音乐的力量，艺术的力量，文化的力量，瞬间，就打破了隔阂。"

好听的音乐，就像好看的女人和可爱的孩子，有一种天然的亲和力。

俄耳甫斯用美妙的音乐迷惑人们，而人们也像是被符咒镇住了似的跟着他的歌声。

我发现世上的工作不外乎是沉默和歌唱，原来歌唱，这世界，至少是温暖的。

不胫而走的，只有歌声："谁能够筑墙垣，围得住杜鹃？"

这就是音乐的魅力，艺术的魅力，文化的魅力。

有人说，人是散落的珠子，随地乱滚，文化是那根细丝，珠穿成社会。

文化，使孤立的个人，打开深锁的自己，发现他的痛苦喜悦不是孤立的，可以与人分享，使零散、疏离的个体，在联结中，转型成忧戚与共的社群。

越来越觉得，社区，应该依赖文化来坚固它的底座，既不倚皇权，也不赖神权。

值班时听见有人说，维稳，就是稳维。我却以为，恐怖，不是一个民族的问题，而是一个人类的问题。像余秋雨举的例子：例如，上海这座移民城市的一个社区，一百年来聚居着来自北方、来自南方和本地原住这三拨居民，早已互相通婚，相融相依，难分彼此。一天，忽然来了几个文化人，调查三拨居民百年来的恩怨情仇。他们问：偷盗事件以哪一拨为多？群殴事件以哪一拨为多？又发生过多少次跨族群仇杀？折腾过多少次法庭诉讼？这一切，与三拨人的地域传统有什么关系？这三拨人的后代，在今天的处世状况如何？……这样的调查，经过一个月，拟成了初稿印发，结果，这个社区对立横起、冲突复萌，再也无法友爱和平了。

每次穿过小区，都在想，看看他们在做什么。因为，社区是文化最基础的场域。

2016 年 10 月 13 日，入户到一家，客厅里的电视开着，电视里，瑞典学院在宣布，鲍勃·迪伦获得该年度诺贝尔文学奖。

百度了一下，一句歌词像滚石一样砸下来：

> 要多少双耳朵，
> 才能听见人民在哭泣，
> 要转身多少次，
> 才能假装什么都没看见？

——这是一句破冰船一样的歌词。

音乐就有这样的力量：美国民权领袖马丁·路德·金发表演说《我有一个梦想》，鲍勃·迪伦在现场演唱了《答案在风中飘》。几年后，反战运动席卷全美，人们唱着这首歌走上街头，要求美军撤出越南，被那个年代的人奉为精神上的"国歌"；

1978 年，歌手马利回到牙买加，参加"一份爱，一份和平"的音乐会。那时牙买加沦为一个暴力和犯罪的国家，花十元钱就可以雇凶杀人。马利此次回国，是为结束这种让他痛心的恐怖状况。在演唱会上，他将牙买加总理曼利和他最大的政敌西加的手握在一起，高高举过头顶。这一象征宽容和解的动作永远载入了史册……

这就是龙应台说的："政治人物喊一万次口号，尊重弱势的少数民族，比不上一支歌。记得一场露天的原住民诗歌晚会，我们邀请了一位长老，从东部山区部落特别北上来唱原住民的古曲。他开唱时，突然雷电交加，大雨倾盆而落，雨水打在皱纹很深的脸上，他全身湿透、仰脸向天，闭着眼睛继续歌唱，没有乐器伴奏的原音，苍老而悠远，交织在哗哗雨声中。满满的人群在雨中站立，雨水从头发流下来，流进人们的眼睛，但没有一个人离去。"

"当政治协商触礁、军事行动不可的时候，文化是消弭敌意唯一的方法"；"文化更是一个国家的心灵和大脑，彻底决定一个国家的真实国力和它的未来"；

"世代累积的表征就是文化，当文化不再动人，就葬送了未来。"

我在那个社区之夜，读鲍勃的《我真正所想》：

> 我并不试图与你逐鹿，挫败、欺骗并将你迫害，
> 轻视或将你分类看待，亦非否认、蔑视或屈辱。我真
> 正所想，是成为你的朋辈……

我羞愧地，将刚刚写下的"民族团结"搁置一边，幽怨地叹一声：有谁，这样透彻、痛彻地书写过民族团结？

互联网让整个世界的面目在一点点地趋同，我意识到自己开始拥有了开阔的视野，有把握把社区问题放到世界视野中，加以关照。

他诗中的普遍性，给了我一把尺度，我把它套入这几天我在社区走访的故事上，居然丝丝入扣。

他这样写莫占全：

> 四季轮替，我悲伤的心仍在渴望
> 再次倾听青鸟甜蜜悦耳的鸣声

也许你会在月光下，遇见我独自一人

昏暗的一天消逝

兰花，罂粟，黑眼睛的苏珊

天地交融，如骨肉相会

也许你会在月光下，遇见我独自一人

岸堤之上空气沉滞

就在那鹅群飞入村庄之处

也许你会在月光下，遇见我独自一人

云彩变红，落叶纷然

枝丫投影在石头上面

也许你会在月光下，遇见我独自一人

他这样写海萍：

他醒来后，房间已经空了

哪儿都没有了她

他打开窗户，告诉自己不必在意

却感到莫名其妙的空虚

随着那命运的简单扭转

大多数时候

我的头脑清醒

大多数时候

我很坚强，不去怨恨

我不幻想，幻想使我厌恶

我不惧怕困惑，无论困惑多深

太平洋的风吹来，尽管答案在风中飘扬，却令我在社区的庸常琐碎中，更加勇敢地，追寻答案。这就是诺奖的意义，它把亮，带给你。

我总是喜欢果园里从栅栏外透过来的光束，让它照在脸上，照在灵魂上；喜欢越野车轮，碾过一排排白杨斑驳的影子；我喜欢的一句话是——孩子害怕黑暗，情有可原，人生的真正的悲剧是，成人害怕光明。

坐在55路车上，这句诗一直萦绕不去：我真正所想，是成为你的朋辈。

他的诗歌，不为歌颂永恒，只在叙述日常。

诗歌不是高于人，而是回到人。

"我先是一个诗人，然后是一个音乐家，实际上，不管是死是活，我都是一个普通人。"

我的对门，是一户有着三个孩子的维吾尔族人家，他们是租的房。13岁的男孩阿尔法，很有志向，喜欢足球、拳术、表演、梦想做那个也叫阿尔法的明星。

在他们生下第三个孩子时，我轻轻地敲门，送去一篮鸡蛋，篮子是竹编的。妈妈把她的孩子递给我，那种肉乎乎的手感，把一个生命的欣喜由衷地传达给我。

几周后，我发现，阿尔法拎着那个竹编的篮子，放在草坪上，里面有着叽叽喳喳的几只鸡子。阿尔法对我一笑，不知道是不是那些鸡蛋孵出来的？我问，几只？他笑笑，六只。

婴孩的声音，鸡子的声音，维吾尔族的摇篮曲，一副人间模样。

7月1号那天，我在社区参加完升旗仪式，看完红舞，听完红歌，与林燕子一起巡逻。林带里，忽然跑出邻家的小女孩阿卡丹，亲热地打招呼："你在这里做什么？"

"我在上班啊。"

她兴奋地告诉我："看，我就在这个学校上学。"

"我知道……"因为，那是个民族学校。

林燕子奇怪："咦，谁家的孩子？"

"邻居家的，她叫阿卡丹……"

阿卡丹蝴蝶一样飞走了，我转而对林燕子说："我很想知道，对门的这个维吾尔族家庭是怎样生活的，做什么工作，靠什么收入，可是，我怎么才能知道呢？"

她脱口而出说："敲开门，去问啊！"

我愣住了。

"这很正常啊？你们这种人真是太高大上了，生活中很多人都是矮矬穷，没有你的高度，你就直接问，没那么复杂……"

我第一次听到"高大上"的反义词，"矮矬穷"。整个半天都在自我反省，为什么，我一丁点这种思维也没有？

于是我看到鲍勃这样写我：

迟早，我们之中有人会明白
你只是做了你应该做的事
迟早，我们之中有人会明白
我曾真心真意地尝试接近你

我可以与海萍以相同的姿势在夜半哭泣，也可以与隔着万里之遥的鲍勃，噙着一颗同样盐分的泪珠。

　　在回家的 55 路上，听手机里一首《就是现在》的歌，刀郎仿佛新疆的鲍勃，用中文，发出滚石般的声音：

> 别说我和你不同
> 欢乐与痛苦我们与共
> 只要眼神中不带有色彩的分别
> 你我的梦都一样光荣
> 抬起头，放开紧握的拳头
> 我们的爱将成就未来……

火，必然产生灰

　　我们在某个节日，集中地制造一些垃圾，再在某个节日，集中地打扫掉这些垃圾。我们该如何打破循环，取得一些线性的进步？

　　3月29日，一上楼，就听见林燕子的欢呼："好消息，好消息，告诉大家一个利好消息：大江和谐园引进物业啦……"

　　大家统统嘘了一口气，终于！

　　大江和谐园昨天签订了一家物业公司，为什么这对社区人来说是个利好消息？

　　原来，大江和谐园签下了物业公司，社区干部和工作队员就不用每个周五，穿一身迷彩，在大江和谐园捡烟头，撕小广告，清扫楼道，推垃圾车了。

　　大江和谐园的楼前，还有片荒地灌木丛藏污纳垢，我们拿着长长的夹剪，蹑手蹑脚地进去捡垃圾。

　　每次蒙头在这里打扫完卫生，都会疑问：我们为什么要来这里打扫卫生呢？社区的工作是窗口服务，给居民提供政策服务，工作队的重要工作是加强基层组织……这些活，不应该是物业公司的活吗，程序怎么这么乱呢？

一开始，社区人都不答话。时间长了，从她们不经意的抱怨中，一点点明白了其中脉络。

海萍说，街道上催要的表格还没有做完，就来给这些不交物业费的居民打扫卫生，他们凭什么不劳而获，享受我们的免费服务？我自家的小区，还给人家交物业费呢。

我反正都在这了，就索性把这件事情理个清楚：

为什么要打扫大江和谐园？

因为这里无人打扫。

为什么无人打扫？

因为没有物业公司愿意接管。

为什么没有物业公司愿意接管？

因为居民刁蛮，把物业赶走了。

为什么居民这么刁蛮？刚听见一位3单元下来的老太太说，我住了七年了，你看这么脏，家里来个亲戚都说，你们住的这是什么地方，丢人的呀……我们想要物业呀，就有那么几个人带头……

那几个人为什么带头闹事？

还不是问题太多，一会没水，一会没电……

为什么一会没水，一会没电？

因为这是个烂摊子，开发商没做好没做完善，遗留问题太多，卷铺盖走人了。

为什么不追责？

林燕子尴尬一笑："追什么追……大江和谐园不是楼群，是一幢独立的楼，开发商只盖了这一幢楼，就跑路了，一切配套都不到位。你都不知道，去年的工作队，正好是昌吉创建全国卫生城市，我们一起打扫的垃圾成吨成吨地装上垃圾车……

我那天去找监管部门，见人家和跑路的开发商坐在一个桌子旁，称兄道弟的，我还能说什么？追什么？"

遗留的问题不是物业能解决的，但居民可以把怨气撒在它的身上，不肯交物业费，物业公司扛不住，就跑路了。

遗留问题是建筑方的，但还属政府监管。中国文化缺少追责，找不到应该为此负责的人，才是问题所在。

这，就是我们大家每个人放下自己的工作，在这里打扫卫生的原因：分担跑路的开发商所造成的成本。

难怪，社区干部一听工作队要成立业主委员会，就激烈反对。我还记得海萍的话：业主委员会成立了，就与物业对抗，找茬，最后，物业被气走了，剩下的就是社区干部去打扫，事情就会是这样。

一次次打扫，只因为领导要来检查，领导不来检查就不用打扫吗？为什么不能形成一套常态化机制？

这依然是林燕子说的，不流畅，越来越多的事情与环节都需要理顺。

许多问题都不是一次能解决的，但有了疑问就等于提出了问题。质疑与存疑同等重要。

我把疑问式阅读的习惯，带到了社区的现实，带到了现场。

那天，正在满大街地捡垃圾，一位80多岁的长者找来了："我找你们书记。"

社区干部们缄口不言，我不知就里，指着林燕子的背影，"就她"。

黄艳云给我一个白眼。

老人缠住林燕子开始诉说，我跟上去听："就因为一楼开了个洗车行，水上不到楼上去了……"

"你们六楼没水，我们社区在四楼，今天也没水，昌吉普遍存在高层上不去水的问题，所以政府正在建一个新的三水厂。电？有时停电，有时漏电，这个，我们可以去协商一下。"

有个女人在脏乱差的地带种上了菜，林燕子要求她立刻拔掉，她说："我这样绿油油的，不比垃圾好看吗，为什么要拔掉？"

"这片楼间空地虽然没有绿化，脏乱差，也有居民建议，把藏污纳垢的灌木丛清除掉，打成水泥地坪，可这上面是高压线，属于电业局管，开什么国际玩笑，听说过高压走廊吗？"

唯一使我在社区显得"特别"的，是我如此缺乏工作经验，如此爱问问题。

黄艳云把我从林燕子身边喊回来："不要问，你问得越多，他的事就越多，他说的那些问题，你又解决不了，缠来缠去的，有意思吗？"

"没问，我只是在听。"

"越有人听他就越来劲。"

沙默会也说："不要往跟前去，不理睬就行了，说是白说，听也是白听。少问为什么，少说什么时候能解决。记住，别踢屎，只会弄得到处都是……"

5月26号，周四，早到还没有首发的公交车，大家乘坐各种交通工具来到和园门口，叽叽喳喳地开始体验"环卫工人的一天"。

我们不断地登高爬低，甚至搭着人梯，去撕高处的小广告。工作队长愤愤地说："要是我当了市长，啥都不干，专把这可恶的小广告给整死掉，我就不信……"

林燕子"扑哧"笑了："所以你就当不了市长，人家市长都在抓维稳呢……"

我问林燕子，为什么我们总是去小区里撕小广告，一遍一遍，没完没了？

为什么不设置一个牌子，专门张贴？

林燕子叹息："这就是文化。常住户还好，刚买房一年、三年的人，没有归属感，不拿这里当自己的家，就乱写乱画。所以我们要开展慈孝家园活动，慈孝家园是我们的品牌，陈全国来昌吉了，看到昌吉的老人们，都过得很好。街道八个社区，算我们的文艺队最活跃了，符合核心价值观。毛老师是文化人，就写写我们的文艺队吧……"

华灯初放，工作队长拍打着满身烧完垃圾的灰烬，打趣说："大作家，当了一天清洁工，有什么感受？"

每次蓬头垢面、灰扑扑地回家，站在淋浴喷头下，想：我今天让这个世界变得更美好了吗？

……

所以，大江和谐园成功引进了物业公司，才让社区大厅欢腾起来。

但事情并没有结束。我们还是一次次地来打扫卫生，只是不用再进灌木丛里捡垃圾，不用再进楼道里扫楼梯，而是打扫沿街的一条马路。

11月2号，大家又在扫马路。工作队眼看就结束一年的工作，该撤离了，但不能让社区干部继续这样年复一年地打扫下去，这究竟该是谁的工作范畴？我决心整个明白。

在城市，一条街道上分布着党政机关、企业、学校、商店，只要有了门店，环卫局就可以向门店收费，给环卫工人发工资，但这条街道上没有一家店面。

没有门面店，没人打扫的地方，就归社区吗？

林燕子哎呀呀地叫，"没扫掉的雪，没打扫干净的垃圾是在我们辖区呀，比如，昨天晚上下的雪，有些店面没有经营，是关门的状态，但门前的雪得扫掉，创文明城市呢，不然查的是我们，罚的是我们，除了我们，还有谁？这就是最基层的概念，我咋说你才明白呢？就是没理顺关系嘛，这是最大的问题所在。政府在划分的时候就应该想到这个问题，我已经使尽洪荒之力，给大江引进了一家物业公司，还可以为这条街引进几家行政单位吗？"

"那么，这条路谁受益？"

"和园的居民受益呀。我敢把它封掉吗？哈，居民不集体上访，告死我？然后信访办一个电话打给我：'和园，干啥吃的？领人来。'……"

这条马路两边的绿化带里，淤积着垃圾，特别是清明、送寒衣等日子后，种种灰烬，秽物，一片狼藉。

沙默会骂着："这些个牲口人！"

林燕子说："这些人为两个原因而来，一是内急，一是为自来水——给自家省点水。"

"不会吧，这太夸张了？"

"还有夸张的呢。物业都是半夜浇树，白天一浇树，你看吧，老头老太太，拎着各种家什来接水，浇菜的、浇花的、洗衣服的。建议向人大提出一个建议，在这里建一个公厕，创文明城市。"

还是林燕子的说法更靠谱。

黄艳云说："以前社区没这么多人，现在人多了，咋越来越忙？"

沙默会说："以前是举着棒子，现在是直接往社区砸，上面嘴巴吧嗒吧嗒一下，干好了不算，办不好了，咣当就罚。一个创城，我们冬天扫雪督雪，夏天成吨地扫垃圾，撕小广告，都是政治任务。"

见一辆车斜着就过来了，海萍赶忙闪身，司机正俯身，照顾副驾驶上的孩子，擦身而过时，海萍骂了出来："原来是给一只狗搽鼻涕，我勒个去，给他先人有没有这样伺候过……"

这个打扫烧纸灰烬秽迹的现场，让人油然对传统文化产生思考：要是只献一枝花，会多么生态？

焚烧垃圾时，市长路过时发现了火光，过来查看。林燕子十分紧张，看得出故作镇静。有什么办法，火，必然会产生灰烬。

这里，俨然可以召开一场现场的、关于当下中国祭祀文化的自由漫谈，主题是：在一个拥有数千年历史的庞大国度，如何在传统文化的基础上寻求变革？

在火与灰里，有着清明的秩序，在清明的秩序里，有着传统文化的秩序。中国的一系列文化活动都是由祭祀开始的。

20世纪是一列绿皮火车，风驰电掣，抛撒下一路遗留物，需要打扫。如果，我们只是一个遗产的继承者，不断啃老，在物质上富裕，在精神上富有，那么还会有创业与创新的余地吗？或许，前代留下的还有账单？

被问及是否喜欢美国流行文化时，学者汉德克回答："这个世界上没有所谓的美国文化，只有一种文化，那就是灵魂的文化。"

我们在某个节日，集中地制造一些垃圾，再在某个节日，集中地打扫掉这些垃圾，我们该如何打破循环，取得一些线性的进步？

每个民族，都难以拔着头发，从自己的文化传统、生活方式中拎出自己。它有宝贵的财富，也有陈规陋习，无论它曾经多么厚重、璀璨，它都只是传统，而不是未来。

阳春三月，所有生命在发芽，保佑这一年的丰收吧。于是，人们开始敬天敬地，敬佛敬神，敬祖宗。

孔老先生的话，祭神如神在，祭人如人在。

父母生前不能尽孝处，用祭祀来补偿，来救赎。学者说："中国人在祭祀的过程中，能理清一些内心的秩序。谁是谁爹，谁是谁孩，以及，我是谁，我从哪里来？到哪儿去？"

中国文化在这种秩序中，用一句"应知应会"上的词，叫"统一思想"。

然后再想一想，下面的日子怎么过？

所谓传统，是特定的人类族群或群体，与生存环境进行无数"对话""交锋"的记录，经过反复的精炼提纯，最终凝结成个体的行动方式，定格为社会程式。

11月21号，林燕子在例会上说，以后，每周五的打扫卫生没有了，改成扫雪，下雪就是命令，提前半小时到，先扫雪，再去小区督雪。

海萍说，夏天扫垃圾，冬天扫雪，就这样，又完了一年。

十月一送寒衣那天，我在灰蒙蒙的街道上坐 55 路回家，一进门，妈妈在看电视剧《北平无战事》，说出一句话："我觉得现在可能是最好的时代了。你看那个时候的金圆券，我们小的时候用它叠飞机，不知道怎么回事，现在才知道，是国民党、美国用金圆券兑换了，老百姓不能用金用银，只能换成金圆券，然后又贬值成废纸，变相地把老百姓手里的财富都搜刮去了。你看现在，有多好！挨饿的日子走远了。"

我想起来："妈，我看看你养的两盆绣球，哪个是臭绣球，哪个是香绣球？"

"我种的花，开得那么好，你平时都顾不上看，咋想起来的……"

"我忽然对它们有了悟性。"

妈妈的阳台上，养着两盆绣球，每每蹭到她身边聊天时，她都提醒，别碰那边的臭绣球，别看它开得好看，一碰就臭，可以碰一碰这边的香绣球。

贝贝幼儿园，搞了一次万圣节活动。老年文艺队热情十足，老头的吹拉弹唱、老太太的扇子舞、孩子们的南瓜灯，老少都乐，色彩斑斓。

海萍说："这些老头老太太积极性高得很，时间不够，取掉谁的节目都不愿意，要是我们上班的人有这样的热情工作就好了，我一天疲惫得话都不想说，更别说让我唱，让我跳了……"

这个节日简直成了老人们的狂欢节，成了孩子们的捣蛋节，我不合时宜地与打扫卫生时遍地烧纸灰烬的传统文化，暗自一比：中国的节日，或者是国家的，集体的节日，比如十一、

七一、八一，或者是家庭的节日，比如大年初一、大年三十、清明、中秋，二者之间是断层的，少有这样一个社会性的节日，与身边邻里，身边孩子一起度过，让社区的民众，老老小小参与进来，这也是五伦框架之内的文化脉络。于是，社区引进了万圣节。

狰笑的南瓜灯、恐怖的骷髅、"不给糖果就捣蛋"的童声，是万圣节的元素，让许多人将万圣节等同于"鬼节"。

之前的万圣节，众所周知的是宗教彩色，1846年爱尔兰发生"马铃薯大饥荒"，数百万人移民将万圣节移植到美国："不给糖果就捣蛋"。在他们的传统中，每家每户要在10月31日晚为游荡回家的鬼魂准备食物，以慰亲人之灵，这一风俗被教会改造为具有慈善和互助性质的活动：万圣节前夜，富人将节日糕点发给来到家门口乞讨的穷人。随着"西进运动"，美国人一路向西，建立起无数城镇和社区。不同宗教、语言、文化背景的新移民需要在新的社区生活中重构社会关系，加强社区居民的凝聚力。在这样的背景下，带有鬼魂、巫术、奇装异服等元素的"万圣节"成为一个选择。孩子们俏皮地敲开邻居的大门，喊着"不给糖果就捣蛋"，为邻里创造了相互交流和分享食物的机会，这才是万圣节越来越受到人们喜爱的原因。

很多节日元素发生了变化，再造的万圣节几乎丧失了宗教色彩，恐怖的灯笼被南瓜取代，邻里一起游戏，分享秋收成果，是一场以鬼为名的欢聚。

现今流行于中国的，以鬼怪、荒诞、狂欢为主题的美式"万圣节"，早已剥去宗教外衣，没有了祭祀亡魂的含义，而是和商业文化联系紧密，成为一个促进邻里间社交的世俗节日。真应了毛泽东的警句："古为今用，洋为中用。"

......

11月2号，我们在大江和谐园打扫党员活动室，林燕子花了好几年，在大江和谐园要下来一间602房，当作党员活动室。原本只是去看一下房间的大小，结果一开门，租户人走了，所有的垃圾都留下了，十几个人干到1点半，才大体打扫出个模样来。

几十捆啤酒瓶堆满一面墙，林燕子喊着楼下一个收破烂的平板车夫，"不要钱，你来拿走就行。"他回话："不要钱我也不要。"但等我们一件件拖到一楼时，他端端地等着，"别扔垃圾斗子里，就直接放在我的平板车上吧"。

"咦，不是不要吗，你这什么人啊？"

气得林燕子一扭身，把一捆啤酒瓶叮叮咚咚扔进了大垃圾斗子："可怜之人，必有可恶之处。"

车夫不饶她："你们这些年轻人，说话咋那么难听，还是公家的人呢！"

这一刻才知道那句谚语的妙处：你可以期待圣诞老人，但不能期待不劳而获。

证明了一种看法：一些人的贫困实际上是由他们所共同享有的文化本身造成的。

11月28号，扫完社区门口的一块雪地，留下旁边理发店的一块区域，妖冶的发廊女正站在门口发愁，沙默会喊："毛姐，不要扫了，那边不是我们的。"

也就明白了，为什么广场产生在西方。

下午3点半在大江和谐园扫雪完毕，林燕子兴奋地说："今天，我们和园被表扬了。哎呀，只要街道一开会，我的耳朵就竖得端端的，一听和园两个字，心惊肉跳，但这次是表扬。雪刚停，就有红袖标在督雪了，和园很棒，丝路社区督雪不力。雪一停市长就出来了，走了50家门面房，没有一户人家说社区干部、访惠聚干部来督过雪。市长说：绿园路的干部都待在办公室里不出来，是想当市长吗？——吓死宝宝了。"林燕子双手抱肩，做哆嗦状。

"新的规定是，只要下雪，提前半小时来上班，扫完雪，就去督雪，一直把雪从自家门口，扫到树田子里，责任落实到人。南公园是主路，绿园路、青年路，都是市长出行的必经之路，一下雪，先把这里扫掉，干工作要分得清轻重缓急。"

与古丽、陈斌斌到桃园去督雪。"不戴袖标、工作牌的，罚100元。去了一定要亮明身份，不配合的，执法局来罚款2000元。只要是被曝光了的，一概不给宽容，你说到了，他不扫，罚的是他，我们尽责了。大家用手机互相拍照，痕迹化工作，店家不承认，我们也有证据，也是我们保护自己。"

"安晴儿是卫生专干，这都是她的活，人呢？"林燕子反应过来，"哦，被行政单位给抓壮丁了……"

"那就不是路"

　　她一把抓住裤子，血往上涌，腾地红了脸：完了完了，拉链坏了，丑大了。提着裤子发完言，跑去卫生间，拉链没事，是肚子，给饿扁了。

　　那天在图书室时，林燕子进来："毛老师，你一个人在这里看书？"

　　"这个图书室有这么多民族作家作品，是很好的民族团结素材……"

　　林燕子惊讶："你知道街道张书记来和园，是咋批评我的吗，你这个图书室，怎么没有民族团结的书？"

　　"那次我在，不一定非要书脊上贴上标签。"

　　我们聊着，"大家就一年的缘分。"

　　"当社区书记最大的感受是什么？"

　　"太耗人了，最大的浪费是程序重叠，程序繁多，太没有效率了。刚才队长去联系垃圾桶的事了，两个队员去联系修路的事了，就这两件事，到下半年能有消息就不错得很了，大多数情况是，没有下文，就像我说的，'那就不是路'……"

　　"什么叫'那就不是路'，是个典故吗？"

"唉，那是我刚到社区时，特想办成的一件事，就是桃源小区与和园之间的那条路，人车混行，特别不安全，还是一个小学的门口，经常有老人送孩子，我就想把它变成单行道，或者，设置一个减速带，或者，设置一道隔离护栏。就这个事，我找了交通管理局，交通管理局说，他们只管乡村道路；我找了公路管理局，公路管理局说，他们只管高速路；我找了住建局，住建局说，他们只管市政道路；我找了公安局，找了交警，找了执法局，转了一个大大的圈，直到上了政协人大的提案，几年了，也没有解决。我最后得到的答复是：那就不是路——现在，我们把它叫便道……"

在社区读鲁迅很有现场感，能读出弦外之音：世上本已有路，设的卡多了，也等于没路。

中国 2008 年后的新小区，追求大地块，往往是以封闭空间的绿化景观，行道体量，作为溢价点，一围一大片，路与路阻隔，车与车梗阻。

这，就是这个故事的背景。

3 月 26 号那天，是个周日，全市都在打扫卫生，昌吉市今年的主题是创建全国文明城市，全市都在动起来。路过市政府时，见一群人在列队，拿着手机喊，"先拍"，"先拍"。这就是痕迹化工作。林燕子说："它用新的形式主义，代替了旧的形式主义，用新的八股文，取代了旧的八股文。"

电话响了：我是大江和谐园的，我们这里没水。

林燕子示意接电话的王彩霞，让打 12319 投诉。打过了，人家让找社区。林燕子一听就急，给对方回过去："为啥一打给

12319，就让找社区？"

对方说："报纸上那么多通水管的，打个电话不就行了？"

林燕子说："是这么个理，那你们给他这样说呀，居民以为，找社区是可以得到免费解决。球踢到我们这，推到社区，我们一说这个话，人家就投诉，说，要你们社区的人是干啥吃的，整天就坐这里打打电话。这不是激化社区与居民的矛盾吗？"

对方说："那你们派个人去看一下水管，不就行了？"

林燕子无奈，"我这里一群 40、50 的女人，就是去一趟，能把啥看出来？新来的大学生，专业各种各，有学工商管理的，有学法律的，有学中文的，有学……就是没有水管专业，谁去了也不会——对了，为啥不给我配水管工、技术工？如果让我做顶层设计，我就把物业给编到社区里来，撤掉房管局，要他干啥？一个电话就甩到社区，这样我就不会被踢来踢去了，统一管理，出了啥问题有啥人去干，土木工、水管工，都给我配上，管网设计，把事业编给上，那么多的娃娃都来社区，有啥不好？一个房管局，一个公共事业科，我不知道他们是干啥的，我们的居民买房卖房，都不是通过我们社区？光让我们入户，这样我们就不用入户排查摸排了，按路分开。以青年路为界，与其给社区增加编制，不如扩大进人。光 12319，就有十几个人接电话，把他们都下沉到社区，都不需要热线了，因为转了一圈，最后，还是没人管，在报纸上找个号码，自行解决。"

最后，建委不同意，因为这样就削弱了权力。"看吧，为民办事不是出发点，这，才是出发点。每个人都紧紧抓住权力不放，可，有权的单位不担责，把这么多的问题，踢球到无权的部门。如果这些部门都归我管，就刚才这个电话，我立马就能办，把居民踢来踢去的，谁不火大？

"那些有权的职能单位不管，让我这个一毛钱权力都没有的社区书记管，咋管？房管局，带着个'管'字，偏偏不管。住建局，光有权，不担责，老百姓常常骂的话，要你们干啥？社区呢，没钱，没权，却啥都要管，批的不管，管的没权，我勒个去……"

刚来的时候，用我的眼光看她们，觉得一些事情匪夷所思，现在，用她们的眼光看，一切都变得可以接受。当没有了空间，所有的疙瘩都挤到一起，近身肉搏时，还谈什么风度与优雅。

我在社区捞到的一个突出问题是林燕子说的，"再不责权利统一，老百姓对政府的公信力都动摇了。政府干再多的事，比如，免费体检，老百姓都觉得好，可一个水的问题都没人管，就把我们所有的付出给掩掉了。比如，他们给小区配物业，要评定等级，哪个小区配给哪个等级的物业，也不跟我商量，最后，物业来了，却让我管，人家又不服我管，各种扯皮，就跟幼儿园的跷跷板一样，你上来，我下去……"

这就是一个社区书记的感受：行政不配套，事情不连贯，执行不顺畅。

林燕子停下手里的表册："明天是周一，升完旗，我们搞个活动吧，把大爷大妈们请上来，唱唱红歌，包包饺子，用我们自己的钱，就不向街道汇报了？"

她仿佛自言自语，顿了顿，"还是说一声吧。"电话一打过去，街道主任训斥的声音传来："搞啥搞，自治区督导组明天来呢，给我把班值好。"

林燕子按下嘟嘟嘟的电话，郁闷："为什么是这种理念呢？

我认为该干啥干啥，自然而然，不是更好吗？所以，我这种人就当不了官啊，不能理解领导意图。唉，他们只想保平安，不愿多事。"

一顿饺子又泡汤了。

那几天刚好看到一个外国人写的《寻路中国》，有一句话，"在中国，事后的原谅，总比事前得到许可容易得多"，精辟。

一个女孩来开社会实践的证明，林燕子一挥手："走到头，卫生间里有拖把，把楼道全拖一遍，再来开。"

那个穿着校服的高中生，小心翼翼拖完楼道，林燕子给盖章了。

她，真有办法。

林燕子在街道上开了四个小时的会。我好奇，开会本来是为了解决问题，但现在，开会本身成了问题，什么样的会，能开四个小时？

原来，那天林燕子接到通知，到街道开会，要求穿正装，白衬衣、黑裤子，那是社区的制服，人人都有。但她那天没带来，急匆匆给老公打电话：给我送条黑裤子来。老公说：我在清真寺值班，离不开。林燕子满大厅找人借黑裤子。街道贾主任一通电话在催："你一个月几千块钱，一条黑裤子买不起吗？"

她抓起一条海萍的裤子，白衬衣、黑裤子的工作服，更衬出了她的瘦长、单薄。

"街道上各个社区书记都要发言，我是第十个。"

第十个发言？已经是午饭的点了，而她常常早餐都不吃。结果，等细麻秆的林燕子，一站起来，借来的黑裤子直往下掉，她一把抓住裤子，血往上涌，腾地红了脸：完了完了，拉链坏了，丑大了。一直提着裤子发完言，跑去卫生间，拉链没事，是肚子，给饿扁了。

"你在会上怎么说的？"

"就说，我们和园是老旧小区，低收入人群多，基础设施不到位，物业管理差，上访频发，亮化、绿化、硬化，都做得不到位，这方面没有什么发言的资格，那我就只能说一下文化建设方面……结果，社科联的那个主席感兴趣了……"

应付完文山会海，然后，是压力山大的文案工作。

数据采集、填报……有的表格，内容选项很专业，数据要配上照片，甚至，要配上视频，都需要挨家挨户去采集。这些基础性工作，县以上政府部门往往不做，他们只是抓落实。这就是沙默会说的，"上面动动嘴，下面跑断腿"。

我眼看着他们大把的时间和精力，花在会议上，花在报材料上，哪个文案做不扎实，后果都很严重，还要不停地接受暗访组、督察组的检查……

到了社区才知道，我们有很好的民心工程，有很好的政策条例，但在落实中产生了剪刀差。

介于国家与民众之间的社区，不仅只剩下家庭，只剩下居住空间，同时，还容纳着政治（治理架构）、经济（物业管理）、法律（物权法）、文化（社区活动）、技术（社区网络）等要素。

这些要素的棋子，都要在社区这个棋盘上来下。

谁来下？社区人。

社区人怎么下？根据政策下。

制定政策的人凭什么做顶层设计？根据基层情况。

而基层埋头苦"报"出的数据，隔三岔五就被推翻重做，社区女人们为此花容憔悴，埋头苦"报"。这些不乏失实的数据，会直接影响到决策吗？

又在电话通知，明天一个整天在街道开会。

我愿意值班，愿意巡逻，愿意入户，愿意与居民面对面各种聊天……对于去街道开会，心有余悸。现在的会议生态，以文件落实文件，以会议落实会议。我们手上拿着材料，听上面的人再读一遍，又心疼纸张，又心疼时间。在这种冗长中，你得拼命地对抗那种消耗感，每每，还有街道书记铿锵有力地敲着桌子，对着100多人咆哮。

让人怜悯的是，一个健康的人不会去折磨别人，只有一个被折磨的人才会去折磨别人。

会场上，见到工作队的同事，对我抱怨："刚才，我把社区那个新来的罗建平歪了一顿，通知开会就好好说，你猜她咋说的，要是不来，找街道的张书记请假去……拿个张书记吓唬谁？我们这些人都在单位上挑大梁，够自觉的了，忍住头疼，忍住肚子痛，干了几十年了都没掉过链子的人，我们又不是吓唬大的……"

要换成社区干部，不会像新来的大学生这样懵懂地通知"访惠聚"的干部参加会议。

"咆哮"，是我从林燕子那学到的，她那天在街道开会，发来一则微信："领导正在咆哮，赶快把档案整好。"

真是同情她。

尽管我总是坐在角落。因为我不是记者，不是政治家，我愿意坐在角落里，倾听灵魂里，那扇门在努力地推开。一旦高音喇叭里传来电流的滋滋啦啦声，或者，猝然响起的一片掌声，我的笔每次都掉到地上，不知所措。

但文学，不是角落里的呜咽。文学是被保存的火种，表达极少部分的思想忧虑。一个民族的文学如果只在平庸里挣扎，最后，会连同这个民族优美的语言一起，荒芜末路。

上次，林燕子宣布了5月的主题，是民族团结。她在会上说，写呀，以故事为主，写身边的人和事，我们全州那么多个社区，上面千条线，下面一根针，社区干部很辛苦，可以扩展到整个街道，全面地挖掘亮点，宣传出去。你们这么强的工作组，又是文联，又是报社，那么多写手，写呀，挖掘那些可圈可点的典型，比如说给我们社区送馕的，体现出的是我们社区居民的关系融洽，写呀……

我该做什么吗？假设我们全部疯狂，彼此间也就有了解释的余地。爱因斯坦说的：有时候会使我迷惑，是我疯了，还是其他人疯了？

写作者像特工：和别人一起生活，扎在人堆里，看起来跟其他人没什么两样，但却有另外一种生活。

当我在大会上感到无助的时候，写作的能力变成了一种盾牌、一种躲藏的方式，可以把痛苦立时转化为甜蜜。

我做了多年人大工作的弟弟说，我们真的有好干部，既有水平，又有德行，给你讲个故事吧：知道那个广场上的长凳是怎么来的吗？那是个惠民工程，刚开始搞出来的时候，供行人休息的长椅不多，领导也没批评工程主管，说，这样吧，你的老父亲现在还好吧，晚上，带他老人家，来看看我们的新工程。这位工程主管按照吩咐，带了老父亲出来遛弯。老人嘛，你想，走一会就要坐，这时候，主管就脸红了。啥话也不用说，之后，就有了你看到的长椅了……

如果就是为了安慰我，还真达到了效果，我心里舒畅了些。

那天在电教室，等待领导前来检查，为了把桌子摆成长方形，还是回字形，折腾不已。我有点不解也有点不耐烦，街道上的那个胖女孩央告："为了这个会我已经一个星期没见两岁的儿子了，光在夜班的时候跟他视频，好好的，让过了，我回家抱抱他……"

沙默会说："书记发微信了，速速上报一周的夜校照片，组织部开始统计了，每天都要，把七天的一块补上，啥？没有？没有还等啥，快拍呀，换座位，换发型，换衣服，换背投，换题目，各种换。"

于是，会议室里，桌子椅子叮叮当当，响成一片。

昨天的会上，林燕子对我们这些工作队员说："关于三联四定一住访的规定，你们的单位领导，不能光是送来米、面、油，要求每个月的第一个周一，要来社区参加升旗，你们哪个单位的领导来了？现在上面跟我要照片呢，我手头上的照片还是穿的短袖，知道啥叫硬伤吗？打回来重做。给你们单位的领导都说说，最后几次升旗了，让把短袖、长袖、羽绒服，一块带来，把一年的照片全拍了……"

我忍俊不禁，笑出声来，林燕子用严肃的眼神制止我。可这么好笑的事情不让人笑，怎么成呢，我收了几次，也没收回去。

起先没听懂林燕子的话："我们这些人退休了，都可以去开包子店了……"

原来，这就是捏包子。

那天，林燕子进到大厅："毛老师，我从街道开会回来，顺了两只笔，给你，好好写写我们社区。"

听到很多这样的说法："好好写写我们社区。"

我发现自己之所以能被人们接受，是靠着建立的私人关系。写一本书是不是件好事，也取决于人们对我个人的看法。如果我是个好人，那么我的书也会不错；如果我这个人不好，那么，他们也不相信这本书会有什么真话。

我便被她点醒：自己整天坐在电脑前，不只是一项特权，而是一项责任，我想替有许多话想说，但听的人少之又少的人们，发声。

"那，我该写些什么呢？"

海萍说："讽刺一下，那些职能部门是干啥吃的？"

成微微说："写给我们涨工资啊。"

古丽说："写给我们减负，我们社区一个人，对应街道六七个口子，我们就像小姐一样，啥都干，啥时候是个头？"

海萍说："行了行了，说多了还得喝水，悄悄干活，眼一闭，腿一伸，就是头。"

昌吉今年因为要创建文明城市，早在 3 月 29 号，林燕子就传达了，将昌吉建成花儿般的美丽城市，要做到二清、二美、一绿。

于是，拆除了一些小锅炉，由华电、环宇统一供暖，以确保昌吉的"两清两美一绿的蓝天工程"。结果，入冬后，一通水，漏水的、不热的，问题多多，居民的投诉电话打到爆。

这就是后来入冬后的大面积暖气不热，12 月 4 号，街道上就取暖的问题开会。

市委确保社会稳定，多次开了协调会。最主要的是，华电三期限电，两台机组停了，因华电二期没有启动，它要买华电的热水，就像二道贩子，但华电又被限电了，导致昌吉大面积不热。现在才零下13度，一旦气温下降了，零下30度时，咋办？

昌吉创文明城市，符合大家的利益，为了解决市民的取暖问题，避免小马拉大车，上级规定，以社区为单位，做好面积统计工作，每个社区书记要知道你所在的社区是哪个供热集团，该找谁，谁是站长，不热的，做好解释工作。只要一个社区书记给一个站长打电话不接的，解释不到位的，直接撤掉……

会上，公布了四个手机号码，居民投诉不热，就打总经理级别的，实行社会监督。

林燕子说："最大的感觉是体制不顺，谁到谁那，都是断的，事情堆在那里，水暖不通的时候，各种不通的问题，这一通暖，一通水，问题更多。居民家里都是漏水、淹水，乾居园的楼房，下水道是铁的细管子，直接在上面埋的是土，16年了，就算是不漏的地方，侵蚀的都酥掉了，铁锹一碰就漏，咋办？去找开发商，早过了五年了，到处都是问题，没有兜底的。但凡一个环节有用，都事不至此，没有一个纠错机制……

"我倒是建议，市委组织部应该成立一个办公室，就叫社区管理办公室，因为所有的事情都与社区有关呀。你看，我手上要减负的就有这么多页码，厚厚的一大本，说是减负，扯淡……社区一年的经费是15万，由街道管理，如果买了乒乓球案子，就没有发奖金的钱了，所以一般都不动。以前每年都做那种屏面是有机玻璃的版面，不准挂布标，现在不准做屏面了，要求挂布标。你看，街上都挂满了，说是出台了社区工作减负政策，删除了很多社区职责，减负 100 多项，像各类生存证明、大部分的统计工作、上访摸底、十年一次的人口普查等。全市 60 多个社区书记开会，都是这样的表情：'哇！'结果，也没觉着减。这是用新的八股文反对旧的八股文，新的形式主义反对旧的形式主义。"

关于形式主义，沙默会的呼吁最强烈："知道我们最怕啥吗？最怕不懂装懂的领导，领导犹豫不决，咣当，下面就该倒霉了。同样的事情做三四遍，一次次打回来重做，他们街道上三个人干一个口子，我们社区一个人干几个口子，领导一张嘴，哒哒哒，只看结果不看过程……你就把我们基层写得苦一点，让我们干点实际的事，不要搞这种半年考核的形式主义了。我们最头疼的就是干一些脱了裤子放屁的事，形式主义。能不能不要让我们放下手上的工作，搞这些形式主义，社区干部就不会那么累了。"

林燕子插话了："哎，你脑子被驴踢了，还是被门夹了？连形式都没有，内容往哪放？"

沙默会张口结舌。

林燕子喜形于色地进来："好消息，昌吉市有个老旧小区改造工程，快看，有我们和园，除了大江……"

社区的女人们围观着那张花花绿绿的规划图，将来这里是这样的，那里是那样的……

全年考核那天，林燕子打着电话就进来了："你不要生气，我们社区今天迎接全年工作考核，我知道，你是乾居园 3 号楼，一楼的住户老是堵，对，他花了15块钱，买了两公斤碱，自己给捅开了。现在要求每户人家交300元，收不上疏通费，就不放水，还自己花了上千元，安了上下水，两个水阀，让单元的其他人用不上水。我都知道，我还知道他规定的，洗澡？交20块钱，开20分钟，时间一到，关了，对不对？现在，单元用户用不上水，都来找社区，我理解，但是，今天真的是全年工作考核……"

听见对方在质问："走啥形式，都是假的，装的，你们一年把啥干下了？老百姓连个水都吃不上？"

林燕子说："你说得挺对的，我也这么认为，但我们都辛辛苦苦干了一年了，总不能自己否定自己吧？你也别太气了，会得乳腺癌的，我负责去收上钱，送到你的手上，行不行？你就是来社区一趟，我们也得这样走程序。"

对方说："不行，我就要去冲击会场，说给大家听一听。"

林燕子忽然反应过来："来吧，反正今天大小领导都在。他们有执法权，好说，你说抓谁，我就去抓谁，好不好？……"

深深地感知到基层干部的无奈，所谓摆平，是逼出来的应对智慧，让她管，又没权，只得死缠烂打，明摆着一副摆平就是水平的姿态。生存就是这个样子，谁能靠品格而不靠钻营取巧有所成就？但还是要在现实里力图找到自己的良好生活。

2017年1月3号那天，对工作队的考核结束了，林燕子那天有点失控："到底是在考核谁？是考核社区，还是考核工作队？是我，到处在找场地，找车，社区的人上上下下在搬椅子。我都想说，你们这些人，以后不要来了，搞得每个人都焦躁不堪。应该给我们和园这样的老旧小区派职能单位，把执法局给我，把市政养护处给我。但来的都是你们这些文化单位，手中没权，下来了也没有干打基础的事。你们就应该去公务员小区，他们是一级物业，什么都好，连社区电影院都有，不需要你们干捡烟头这样的活。我特恨的就是，为什么？整理一下每个小区的特点，因地制宜，再派单位嘛……"

工作队员们面面相觑。

55 路公交车上有位司机，去年被评为十大公交人物，他特别以退伍的涉核人员自傲，每月有国家补贴，再有开车的技能，算很不错了。他说战友们有个微信群，国家的利好政策，会在那里飞传。前一阵子听说他们要去上访，我不去，我是党员，我有那个时间就挣钱去了。但我那些战友，他们没有技能，又没了健康，退伍后就无法工作了。你说，他们不找政府，找别人，别人谁管他呢？社区让我做工作喊他们回来，他们咋生活？

我们究竟缺少机会，还是缺少技能？

不大合时宜地想到美国的社区学院。作为移民国家，美国在 200 多年时间里迅速发展，与它的实用主义哲学分不开。实用主义思想，是美国文化的精髓，强调"以行动求生存、以效果定优劣、以进取求发展"。在社区教育中，首先，补偿一般教育，来解决社会问题。"二战"期间，美国处于由农业国向工业国转变。效仿英国的精英型高等教育模式，已不再适应，社区学院应运而生。收费低廉、入学条件宽松、专业课程多样，吸引着很多的大龄青年、转岗培训工人。社区学院以实用主义的理念，适应着当时美国社会转型，急需大量人才的状况，政府支持，民众欢迎，满足了社会，个人也得到了发展。"二战"后，美国国会通过《退伍军人就业法》，社区学院接收了 200 多万退伍军人，提供各种教育，使这些退伍军人成为一技之长的劳动者。美国社区学院100多年的发展，立足社区、服务社区、注重职业教育、以实用性为导向，这样的价值观，使得社区学院迅速发展。

和园社区也有这样的学校，但都在电教室的墙上挂着，很好的策划，在落实环节上，百般不实。大家心浮气躁，裹挟在时代的喧嚣中，缺乏一种老鹰抓地的实施力。

比如，社区要求残疾人参加技能学习培训，但真正需要的人没能到场，来了些充人数的。用林燕子的话说："很可惜，这么好的政策被做虚了。"

那天，卫生服务中心的妇女保健活动在社区会议室进行，因为找不到需要的人，于是各种抓人，临走的时候，医护人员会对她们说，谢谢帮场子，完成了任务。

让人心疼的国家经费，很难做到对急需的人雪中送炭，看得人着急。

很好的政策，实际操作起来，真正的难点在于：怎样把惠民政策与需要的人对接起来，就像空中加油的飞机那样，精准对接，而不是两边对不准接口，白白流掉。

拉锯扯锯，你来我去

很多这样的封闭小区，都有保安、有物业、有小花园、有儿童滑梯，但就是没有业主委员会。

"您的社区日常生活，遇到问题时，通常选择什么途径解决？"

——这，是个好问题。

更多的居民去找物业，因为收费的是物业，而不是去找社区；倒是物业公司遇到事情愿意找社区，来推卸责任，社区书记就会急：有没有搞错，收钱的是你，不是我。

刚到社区，先了解了什么是社区，然后以社区为单元，厘清了社区与街道的关系、隶属，街道与市委的关系、隶属，市委与州委的关系、隶属；过了很久，又发现了新的问题：社区与物业公司的关系？

林燕子只是笑。

我不大猜得透这种笑是什么含义，便试试探探："基本上，是扯皮的关系？"

她更加豪爽地大笑。

老桃园的树下，一圈老人在打扑克，我上去问些问题，被犀利地反问："我是老党员了，经常去社区开居民党员会，我没见过你？"

"我是今年新来的工作队队员，"

"年年换新人，我们的问题可是老问题了，我都不想说了……亮化不够，到了晚上，有坏人划了车，都看不清人，找谁赔？这是一个。楼顶上乱搭乱建，那是违章的，一直在漏水，一漏就是一年，找谁管？还有，你们当官的都不愿意坐冷板凳吧，为什么？冷板凳坐得人腰疼啊，你看，我们的凳子是水泥的，不能用木头做吗？水泥的圆桌也坏了，老哥几个打不了牌了……还有最重要的，小区的停车费，只见收钱，不见收据，钱收上归谁了，啊？停车场是小区的，收上的钱，是不是应该用在小区里头，服务居民，啊？这些，你们管不管？……"

下棋的老党员，一连串的问题，问得我晕，赶快在百度上输入"社区内公共空间如何界定"，因为我已经知道了，如果就这些问题去问社区人，徒给大厅添乱。

用了几个晚上，读了诸多的版本，明白个大致：

城市土地虽属国家，但开发商一旦将地圈下，完成了楼盘开发，小区内的空间就具有了业主"共享"性质，集体成员的身份权，附带有一定的福利效果。

按住建部的有关规则，各栋楼间的道路、草坪、甬道、篮球场、停车位、人工湖，不计入公摊面积，但这部分的权属，在《物权法》上语焉不详；

一个小区内，哪些是公共空间，哪些是私人空间，语焉不详；

我特别追究了老人质问的停车位问题：停车位，最具私人产权特征，地下车位因为不影响其他人，可以买卖；但五花八门的地面停车位算什么呢？比如开发商设计的凹陷进去的停车位，在路面通过划线增设的车位，多半是租赁的；当车辆越来越多时，只能不断侵占公共道路。

我们的城市化进程多年了，这些基础设施，并没有严谨的配套。

第二个问题应用而生：为什么，没有业主委员会？倘若以业主委员会对应物业公司，社区的工作不是减轻掉很多的压力吗？

马队长说了，应该成立业主委员会。我们工作队驻社区的主要任务之一，就是帮助健全基层组织。社区、物业、警务室、工作队各司其职，就是所谓的四驾马车，配套了，就不会出现短腿了。大家在入户时，把收集到的问题，列个清单，怎么解决，怎么回复，发现一下，有没有合适的楼栋长人选。有些事情由业主委员会来办，楼栋长来办，比我们更有优势，而不是社区、工作队一起出动，这就需要我们把组织完善起来。

这一点，我以前没有想到，一提基层组织建设，就以为是基层党组织。

才发觉，很多这样的封闭小区，都有保安、有物业、有小花园、有儿童滑梯，但就是没有业主委员会。

本以为，这是对社区干部有好处的事情。所谓的四驾马车中，社区治理的主体代表——业委会，并不存在，这么明显的短腿，自然无法与另外三驾马车并驾齐驱，也使得其他三驾马车跑得别腿。

但，马队长一说到成立业主委员会，社区干部就炸了。

海萍皱着眉："再别成立了哟，一成立业主委员会，业主就联合起来，找物业的事，各种找茬，各种借口不交物业费，直到把物业挤走，物业一走，就成社区的事了。大江和谐园就是个例子，整得我们常年地去打扫。求求你们，提都不要提这档子事……"

听海萍们吵明白一个问题：业主委员会，总是与物业公司对立，对立到最后，解决不了，于是，就被社区给解散掉了。

工作队驻社区的工作任务，居然与社区干部的意愿如此不符。

今晚在互联网上找寻找的是：业委会成立难在何处?

一个常识是，物业公司是业主聘请的"保姆""管家"，应全心全意为业主服务，但在我国，不大一样。

小区卫生差、电梯故障不及时维修、物业公司反复收费、道路两侧被物业公司侵犯，作为停车泊位收取停车费，绿地被改为停车场；还与"沙霸"沆瀣一气，收取好处费，任其盘剥业主……

中国百姓，买房置业好不容易，合法权益如此受宰割，纠纷自然不少。

按说，管家物业公司表现不好，就将其解聘。事实上，业主维权的道路是被堵死的。

找谁? 找小区开发商吗? 多数物业公司与房地产商有"母子关系"（开发商是物业公司的投资公司）；

找基层政府部门投诉? 几乎毫无进展；

国家住建部《业主大会和业主委员会指导规则》规定，成立业委会，需"双过半"：业主人数超过百分之五十，入住面积超过百分之五十。实际上，很多小区分期开发，业主不掌握小区的面积和户数；即使双过半，还要到房地产管理部门备案，业主会遭遇各种推诿、拖延、敷衍。最后，即使成立了，常常是"空架子"，业主委员会的账户甚至会挂靠在其监督对象物业公司的名下，被寄予厚望的业主委员会，就这样陷入尴尬。虽然政府体系，从来都是上级监督下级，处罚下级，撤换不称职的人员。但谁也不否认，它们上下两块还是一个共同体。但凡共同体，就一定有利益相关性。许多房地产商、物业公司，与房地产行政主管部门关系密切，是从以前的房管部门改制、转化而来的自家人；即使实力一般的开发商，也有政府部门做后盾。因为开发商靠获得政府颁发的土地使用许可证及批准的建设规划施工建房，并取得利润，政府部门则从出售土地使用许可证及开发商的经营中获得财政收入，利益一致。而物业公司附属于开发商，实质上，它就是开发商的物业部。

以开发商、物业公司为主体，包括房管局、法院、街道办事处，一个具有分利性质的房地产商利益集团，已然形成。

发达国家的物业管理模式，高度市场化。我们要做到这一点，须告别基层政府与房地产开发商、物业公司间的利益关系，以中立者的立场协调各方利益，从法律的源头上，避免物业公司与房地产商的"母子关系"，但，涉及利益关系，伤筋动骨，谈何容易。

硬币的另一面是，政府将城市基础设施开发的责任转嫁给开发商，开发商用一条隐秘的甬道反嫁给政府。比如，本属于市政建设的道路，以七通一平的名义［听完马经理的话，回来百度：七通一平，是指土地（生地）在通过一级开发后，达到具备上水、雨污水、电力、暖气、电信、道路通、场地平整的条件，使二级开发商可以进场后迅速开发建设］，分包给开发商，结果出现修好的路，迟迟不开通，成为"断头路"，或被开发商砌成一个贵宾停车场，造成路网的梗阻。

9月2号的会上，林燕子讲了去桃园小区投放老鼠药的问题："老鼠药昨天就已经给了物业公司，去看看，他们投到位了没？"

我追问一句，老鼠药谁买的？

本来是物业的事，但他们不买，如果来了检查，是社区被罚。

记得6月时，在乾居园幼儿园前，投放老鼠药，路遇物业公司马经理，他抱怨，50公斤的老鼠药，都喂了麻雀，小区里的麻雀都喂得飞不起来了。还有人上门诈骗，收取每户十几块的老鼠药钱，有说是物业让收的，有说是社区让收的。你们的工作避重就轻，路不好，为什么不管？下水道只有一米深，为什么不管？污水管道不断出问题，为什么不管？马上到夏天了，这段路面，臭不可闻，不能过人，为什么不管？还有，垃圾桶的问题……

困惑的是，问题成堆，大家却绕着走。

一抬头发现，只剩下我在记笔记，物业经理对着走远了的背影，骂声连连："就你们这种态度，别指望再叫我们配合打扫卫生迎接检查，我们不干。"

我落荒而逃，追上林燕子，她说："就这个事，N个马市长都来过现场办公了。"

这时，发现一个水果摊主正在挨队长的训："为什么把垃圾堆在这？"

"没有垃圾箱呀。"

"这些水果不能堆在外面，全部堆进房子里去，待会儿要来检查呢，罚你的款……"

再往前走，居民围着林燕子，叙述垃圾斗子的事，几乎在威胁，在夏天到来前不解决，会再次集体上访。

林燕子把我们带到现场，一看就明白了：整个桃园小区的垃圾，装在三个大大的、如同卡车车皮一样的垃圾斗子里，而这三个卡车车皮一样的垃圾斗子，并排在一幢楼前，整幢楼的业主以不交物业费来做抵抗。越不交，越脏，越乱。居民要求，用小垃圾桶，代替大垃圾斗子，分摊在每幢楼前……问题是，谁出钱买小垃圾桶，物业？政府？居民？

林燕子说，老旧小区成为脏乱差的代号，因为刚刚开放时的无序，现在，问题都被推土机一样，推到社区，堆着。其实，社区的水、电、煤、暖气、生活垃圾，是应该有专门的物业人员及时清除的。我们的问题是，没有理顺。

全国第一家物业管理公司成立于1981年，优点是引入了市场竞争机制，表现出一定的生命力。缺点是，管理不规范。

林燕子很想自己引进物业公司，但资质问题，让她没有权力这样做，但又要去管理。于是，引进了"亚中大管家"。

说到小区乱堆乱放的问题，林燕子说，那次，我们在大江和谐园打扫垃圾，一辆停了几年无人问津，妨碍居民进出的僵尸车，没窗没门，只剩下一个框架，社区花了200元，叫拖车拖走。立马就有业主找上门来，说被我们当垃圾拉走的是越野宝马。我的汗毛噌就立起来了，耳朵根子唰就烧起来了，妈呀，我一个月3000块，后半生的工资都赔不起。就是这样，桌子没人要，一拿走就有主了，一卷烂羊毛毡，死活要我们找回来……

打扫完大江和谐园，我随黄艳云去了一趟物业公司。

物业公司马经理正在泡茶："一天了还没喝口水，老太太围着我说嘉瑞小区路面的事，婴儿车颠得很，颠得娃娃哭，颠得老太太脚心疼。我说，老太太不是没事干嘛，打行风热线呀，找政府去呀，找我们物业能干啥？要么，你去高档小区住呀？"

马经理越说越气："有人嫌楼上吵，就不交物业费。楼上说，我不可能让一个娃娃一直在床上躺着，在沙发上坐着吧？这些人就一个字，赖。有个执法局的副局长，在小区违章建筑，在楼顶加盖了一个花房，经常漏水。执法队来过一次，看了看就走了。整个单元都不交物业费，不交咋办？我等着，等累积到一定数额，我们法院见，我们又不提原因，就告你享受服务却不交钱，看谁赢……"

我正从物业经理的角度揣摩他的道理，一个居民来投诉："我大姑姐带着孩子来，吃顿饭的工夫，放在单元门口的电动自行车就不见了。我想调出监控录像看一下，结果，摄像头是假的。哎，我们交的物业费，包括绿地、摄像头，你们物业就这样胡来？告诉你，我家再也不交物业费了……"

又来一个不交物业费的大妈，对马经理说："我女儿就住在对面的桃园新城，人家的物业为啥那么好？啥时候我们老桃园的物业做成那样，我再交。"

马经理说："那，赶快，你搬到桃园新城去住。"

一句话就让大妈跳起来：你这是什么态度？

我在现场无从作答，黄艳云接上说："你在亚中市场，30块买件T恤，还想穿出范思哲的范儿？"

居民被气走了，马经理唉声叹气："看到了吧，一平方米就收五毛钱，一年才500块钱的物业费，都不交，还要求物业做这，做那，说别人的物业怎么怎么好，你说气人不气人……"

再说起小广告，马经理更火："那天，我在小区里发现三个女的在乱贴小广告，我就去制止她们，她们就跟我打起架来。你看，我这边的脸，都青了。我被关了三天，那三个女的却被放了，这是什么道理？"

是啊，这是什么道理？

我去警务室打问："为什么物业公司的马经理因为撕小广告被关了三天，而三个张贴小广告的女人却被放了？"

张警官不屑："你别听他胡说，我们扣人最多不能超过24小时，谁关他三天了？是他自己，跟贴小广告的三个女人撕扯起来，还报了警。一见我去了，好像给他撑腰去了，逞能的，打人家呢，骂得难听的，把人家骂急了，是他自己找打，录像都在。"

哇，生活，真是万花筒。

在社区一年下来，撕小广告，都成了我的习惯性动作了，再遇街道上的小广告，都会下意识地上去撕掉。

把捞上来的问题回馈给林燕子。她说，像物业纠纷这种情况，来找我们社区，一解决不了，就说我们态度不好，然后，一个电话打到报社，打到市长热线，说我们整天坐在这里打打电话，谝谝传子，就领工资。我那天正在开会，就被吼了回来，让我现场解决，怎么解决？她其实不是来解决问题的，是来发泄的，所以就不要多延伸了，因为她的诉求不是我们的权限。所以，摆平就是水平。

老桃园和新桃园之间，一墙之隔，物业费标准不一样。老桃园的居民只看见没有新桃园物业好，什么时候我们像人家那样了，我就交物业费。

老桃园公共设施落后破败，不交物业费的居民，常常推倒栅栏，跑到按时缴纳高额物业费的新桃园，到人家的菜园子里，闲庭信步。

这个缺口常补常缺。

我在新桃园里遇到大妈推着婴孩车，就上去问："您住哪幢楼？"

"我不住这，住老桃园那边，这里环境好啊，来走一走……"

这是个普遍的做法：当业主认为物业服务不到位、产生纠纷时，往往会拒交物业费，但这样会陷入一个死循环，业主越拖欠，物业服务越差，甚至招致物业的打击报复。

不同小区，对应着不同的社会阶层。封闭式小区，是对日益固化、封闭的社会阶层的一种现实回应。

优质小区在中国是多么稀缺的社会资源。优质小区，居民收入高，物业费交得多，请得起好物业，环境自然好。有高高的围墙、保安、门禁卡，让交了物业费的业主们独享；相反，居民收入低的小区，没人愿交物业费，只好委托一个不大靠谱但更便宜的公司，势必乌烟瘴气。

市场经济导致社会流动，所谓流动，都是往城里流，于是城市发展起来，从乡村的"熟人社会"到城市的"陌生人世界"。市场经济让我们的生活城市化，城市化让熟人社会陌生化，这就是社会分化。人们在分化了的社会中，在一个陌生化的世界，脱离了血缘的温度，大家与不相识的人冷漠相向、彼此疏离、彼此矛盾、怨怼，都想以最低的成本获得最多的服务。老旧小区的居民，几毛钱的物业费都不交，却总是比肩高档小区的服务，让物业费成为箭靶。

那天，在来社区的路上，遇到一位老人，背着手呼哧呼哧地走路，一抬头，是我们在小区巡查时认识的老人张予涵。当时，四位老人围坐在树荫下打牌，我们聊了一阵，征询到一些问题。

以为老人找我来要答案了，却原来，气鼓鼓的老人另有由头："我刚才去物业买水了，他们不卖给我。"

我一头雾水："他们为什么不卖给你水？"

"他们说我不交物业费。"

"你为什么不交物业费？"

"嗨，还问我为什么，我家住在一楼，上次下水道堵了，物业叫来了通下水道的，60块钱。说得好好的，让我先垫上，事后让每户人家摊20块钱，现在却没人管了。哼，他们不交这个钱，我就不交物业费，我不交物业费，他们就不卖给我水……"

这一圈转下来，我晕。

陪着老人去了物业办公室，听物业经理一气儿抱怨：

"我们物业公司与社区是一致的，下水道堵的情况很严重，每天不下三四个，疏通一次60元。我们只能联系疏通，先通了污水，不要产生大的损失，就让业主先垫上。疏通后，物业贴上温馨提示，要求每家把钱交到一楼，不交的，物业协助收费。

我们只能协助。有的人家说，我们家从来都不做饭，不用下水道，就把门就给你摔上了，你说我咋办？"

经理说："能不能，请社区，请你们工作组，帮助给催收一下？"

最后的方案是，物业人员李丽和我们一起给老人所在的单元门贴上告示：右侧的六户住户将通下水道的费用交到101户……

靠轻飘飘的词语，把握不了基层现实，最难的，是从一个又一个细节，看出生活和人生的复杂。

听到物业公司经理的唠叨，不禁感叹，越来越多的人注重利益，为了达到自己的利益会牺牲别人的利益，这里的各团体也都由利益联系起来。他们的分歧归结为每个人所持的问题不同，并且，看待同样一个问题的角度不同。

卑微的目标，不等于是容易的目标，特别是把这些卑微的目标分摊给所有人，就成了一个相当困难的目标。

理想主义可以麻利地统一人们的思想，形成高度一致的意识形态，越下降到欲望的层面，纷争，纠葛，就越麻烦。

在社区建构中，国家透过这个基层组织，维护社会稳定、维护既有的秩序、协调利益的矛盾。那些在维权中不断觉醒的社区居民，与导入的物权法、物业公司，形成了国家与基层社区的互动、冲突、妥协、共生、合作，构成了今天我所看见的独特的社区景观。

拉锯扯锯，你来我去。

社区既非经济体，也非行政体，作为一个生活体、共同体，它的出口在哪里？

亭，停也

　　亭子，是社区生活的一个象征符号。

　　街里街坊在亭子里停下来，彼此相遇，没有隔着镜头和屏幕，面对面，脸对脸，说着家长里短。

　　作为社区的地景，亭子，是人与地方互涵共生的一个情感与意义空间。

　　每天去社区上班，都在想，今天将撷取到什么样的情节呢？情节不是预先设定的，而是包含在场景中。

　　上楼梯时，见林燕子在粘贴标语：您不是因为美丽才文明，而是因为文明才美丽。

　　日常，是最具本质的水滴石穿，林燕子们走的一小步，或许，与知识分子的十步百步，更不一样。

　　11月20号，我在值班。眼看一年快到头了，下派到和园社区的单位之一，林业所的书记，与林燕子一起，坐在门口，等着林业局的局长，一起来做一次"三联四定一住访"。

　　我听到了他们的全程对话。

　　林燕子说，"三联四定一住访"，这个政策的初衷，是要求每个派出单位的领导，每个月来为社区做点实事。结果，这么好的政策，给做虚了。

可是，为什么我们的措施会做虚呢？

她抱怨："各个单位，不要每次一来社区，就给我们带上几袋米面油，好像我们喜欢占便宜一样，然后来上一次，拍的照片用一年。你看，现在外面大雪纷飞，结果，他在照片上还穿短袖。"

林业所的书记讪讪的："嘿嘿，米面油方便呀，走财务省事。"

后来才知道，他所说的方便、省事，指的是财务手续，米面油可以直接报销，买其他物品，报销手续很是麻烦。

"你们可以发挥自己的行业优势，给我协调点树苗，我种在老桃园的凉亭边，居民也有个聊天纳凉的地方。老旧小区，只要是裸露的地方，居民就觉得是垃圾坑，栽点树，把那个地方搞漂亮点，居民也就不会乱扔垃圾了。您是大书记，我是小书记，都是体制内干部，都得按照组织部的点点上去做，比如，你给我三棵树，就到点上了，为什么在点上？因为这就解决了老旧小区的实际困难了。"

"这个，可以有，跟我要树苗就对了。说吧，要多少？"

"不是我要多少的问题，我们对数量没有要求，看你给多少了。你给我十棵，我就栽在小凉亭，给我 30 棵，我就栽在小广场，给我 100 棵，我就栽在路边。反正我有的是地方，就看你们的心意。反正，不要每次来，就好像我等着要你的米面油一样……上次人大来人，我也给他们说，给我们老年活动中心，添一张棋牌桌，一台饮水机，没几个钱吧？各单位都发挥出自己的优势，三联四定一驻防也就做出色了。"

林业所书记如梦方醒："尕尕的事情，你说要树，没问题，我有的是树苗，就是不太好挖，石头多，雇人挖的话，工钱大。"

"现在的工作都在捆绑共建，社区与工作队捆绑，共建双五好，与派出单位捆绑，就这个三联四定一住访，单位的书记和局长各占百分之五十，到了年底，要跟你们单位领导的绩效考核挂钩，绩效奖是分等级的……"

停顿半晌，大家都在看外面的世界，那飘雪的姿态。

"我们社区一共有五个下派单位，早就想开个下派单位联席会，就是开不起来。我知道，现在很多会都要求一把手参加，一把手来不了，派个秘书来也行啊。我明白组织部的意思是，这些下派人员能给社区解决点基层的实际问题。说实话，我不需要文联、报社，这样的文化单位，也不需要林业所。我这里是个老旧小区，问题成堆，咋办？我需要执法单位，把执法队给我派来，我就敢去拆路边那些乱搭乱建的彩钢房。我都不知道该向谁建议，应该针对不同小区的不同特点，派出不同性质的单位，针对性强一点，解决起问题来就事半功倍了。光知道给我派单位，派人，就没有人来问一问，我需要啥样的单位，啥样的人？"

几天前，社区门口的一个路边早餐店，被拆除了。老板是位带着孩子的单亲妈妈。老百姓那些私搭乱建的建筑，体现出的是最为深切的需求。林燕子惊讶："你知道她的食品合格不？卫生检疫没有，健康证没有，不拆她拆谁？"

"可是，这个单亲妈妈，靠微薄的工资将孩子养大，时刻想着为孩子提供一个安稳的家，在孩子成长过程中照看他的一切。她刚刚动用了全部积蓄，购置了桌子凳子，盘子碟子……"

"谁让她这样做了？她这样做本身就是违法的。"

昌吉是我地理意义上的故乡，但文学、写作才是我的故乡。创作源于对人类的怜悯，我想，那就是文学。

谈话继续着：

"……你要是要果树的话，我桃树、李树都有，建议你不要大的，小的好活。"

林燕子苦笑："我的大书记，小区是不能种果树的。你都不知道我的居民素质，奇葩到物业公司不敢白天浇树，一浇树，老头老太太就颤巍巍地拿着瓶瓶罐罐，来接水，还是滴管呢，就蹲在那接。现在物业公司只有用大罐车浇，就这，还排着队接上黑皮管子，物业公司白天不浇水了，改到半夜了。你最好给我沙枣树，我就能把臭臭的地方变香了。"

我默默地惊呆。

"榆树也行，就是不能用果树。"

社区，是政府与民间之间的地带，中央永远不能确实地知道一个社区真正所欠所需的资源种类以及数量，只有社区自己才能正确评估定位。政府部门只是资源的提供者，社区，才是国家资源的消费者，只有它，才知道自己想要什么，不想要什么。

林业所书记瞥了一眼门外："现在下雪了，明年再看吧。"

林燕子低下头，开始玩手机："今天新疆的大雪，上了《新闻联播》。"

停顿。

"网格党支部的事，花不了几个钱，却是组织部里感兴趣的事，部长刚上来，这是最新的指示精神。"

"那，你们给部里反映一下我们局里做的工作？"

"这个你就放心吧，都是体制内干部，每次汇报，我都把所有单位的领导一一点到。"

平时显得单纯稚气的林燕子，表现出了另一面。她的天真，是性格使然，而老到，是后天历练。总之，她很有道道。

忽然觉得，亭子，是社区生活的一个象征符号。

街里街坊在亭子里停下来，彼此相遇，没有隔着镜头和屏幕，面对面，脸对脸，说着家长里短。

一个散发广告的女孩，跟着一个倒着走健身的老太太，不停地说着什么，最后，跟着走累了的老人家一起，坐在凉亭里。

作为社区的地景，亭子，是人与地方互涵共生的一个情感与意义空间。

一个凉亭，大家受益，一停电停水，大家不便，这是不是就叫社区的共同，共在？

亭子，也是我们每次活动时，集结的地标，林燕子说，下午四点，在小凉亭集合，打扫卫生。昌吉创建文明城市，大家都是受益者，所以不要给我抱怨……

亭子，面积小，结构简单，柱子之间，通透开辟，只有顶，没有墙，所谓的亭，就是停，人所停集也。

社区里，应该有着笑意盈盈的街头巷尾、房前屋后、凉亭廊道、街心花园，成为市民共享的日常空间，让人们愿意停留，比如小广场、小公园、狮子头商业街，这些被居民享用的人性化空间，成为社区人每次活动时集合的地标。

树下的长凳、透过树木的阳光、居民停留其间的时间，甚至，女性停留期间的比例，都构成社区细微的“幸福指数”。

再加上林燕子的想法：在小凉亭边，种上沙枣树。亭子与沙枣树一起，成为社区空间诗学里的飘香。

每一种人类情感都可以通过树来表达。沙枣树，代表的是一种社区心态。

沙枣树，像所有的沙生植物一样，都不以舒展的枝叶显示自己，它们决不高大，叶子细小，甚至根本没有，或干脆以枝代叶，为了节省水分，尽可能地减少蒸发，那是敢于细小的一群。一点都不抢眼的灰蒙蒙的绿，只要给它一点点的斜雨细阳，就连穗状的花，带沙甜的枣，一起开出。

每每打扫完卫生，我们就在小区的亭子里等待着来督查，其间，必定坐着几位老人。那次，我听到两位居民大妈在叙旧，一个老头走过来，递给老太太一个红本本，说了一声"办完了"，就走了，两个老太太之间聊了起来：

"这个本本是干啥的？"

"老头子的流动党员证件。"

"那有啥用？"

"哦噢，每年给 7000 块钱呢。"

"啊？还有钱呢？"

"有呢，那些没工资，没收入的老党员，到了年龄，退下来了，就给呢。"

"这么好呀，唉，我年轻的时候，干了好多年妇女队长，可是下了苦了。那个时候光知道埋头干活，要是入了党，现在也能拿那么多，是一家人半年的生活费呢……"

她们的人生故事，随着吹进凉亭的一阵沙枣花香，越飘越远，越飘越淡……

大雪，陪伴我在 55 路公交车上。

今天，我格外留意马路两边的树种，基本上，都是杨树。杨树虽然不成材，却长得很快。这是一种城市心态，让一切凌乱速速就位的心态。

邻 居

　　社区的特征是，人际间有着休戚与共的关系，每
个成员均经由家庭、近邻、社区而融入更大的社会。
　　社区，就是我们的家园。

　　到社区三个月后，一切渐渐常规化了，值班时，穿迷彩，
戴头盔，检查来社区办事、来卫生服务中心看病的各类人随身
携带的包，查验身份证；没班时开研判会，学习应知应会，记
录民情日记，到小区巡视，捡烟头，撕小广告，摸排门面店的
人员情况，入户到人家……时间一长，再也不需要问一些愚蠢
的问题了，我想找到细节里隐藏的联系，得出真实的而不仅仅
是我想要的结论。

　　如果说，进入细节，会让历史失去高度，那么，进入庸常，
会让生活失去诗与远方，唯有俯瞰，才让当下变得可以接受。

　　在夜班间隙，我在互联网上找寻国外的社区经验，急于把
琐碎的世俗生活提升到学理层面。

　　社区有三种模式，美国模式、日本模式、新加坡模式，虽
不能移植，但在一点点梳理中，清晰地给自己的社区定位，能
以此探测社区的宽度与深度。

滕尼斯 1887 年在《共同体与社会》中提出：社区，是一种持久的和真正的共同生活，社区，就是共同体，是在血缘共同体、地缘共同体、宗教共同体等共同体的基本形式上，不仅仅是各个组成部分相加的总和，而且是有机浑然生长在一起的整体。

第一次给"社区"下定义的是罗伯特·E·帕克：社区，是一块明确限定了的地域上的人群会集，一个社区不仅仅是人的会集，也是组织制度的会集，由人口、地域、制度、政策、机构五个要素，组成了社区。

他想说，地缘性，是社区的硬件。没有血缘的大家，因地缘聚在一起，共同追求居住的环境品质，共同提升生活的品位。

"社"，指的是相互有联系、有某些共同特征的人群，有共同的文化、居住于同一区域的人群；

"区"，是指一定的地域范围；

"社区"，就是指相互有联系、有某些共同特征的人群，共同居住的一定区域；

社区，介于国家与公民之间，是一种小小的共同体，是"最小构件"。

社区的特点是：有一定的地理区域，有一定数量的人口，居民之间有共同的意识和利益，有密切的社会交往。

经过 100 多年发展，"社区"在全世界势如卷潮，改变了人类的生活模式。

在中国传统文化里，我找到一个"集"字。集的释意是，一群鸟，集合栖息在树上，这棵树，现在被叫做社区。

人类总是合群而居的。班固讲过，人从天赋上来讲，爪不如畜生利，力气不如畜生大等，但人之所以存活下来，是因为人能"群"。

这么多的鸟，栖息在一棵树上，要共同生存，就得有共同的认识。

社会学研究社群的一个共同基础架构是，处理人群互动。

一个多元分歧的社区，靠什么凝聚？

这就是林燕子总结的：社区，就是单位体制外，社会各类市井闲散人员的家。社区工作的难点是，有什么好办法，吸引居民来参加各类活动？

发现古丽打电话要求那些低保户居民来参加活动时，先是客客气气地，对方一再借口各种各样时，古丽就变了口气："你不能光领钱的时候来呀？"

对方一定妥协。

社区意识就是，人们对所在社区的认同感、归属感、参与感。现在的问题是，居民未建立起共同体的意识，缺乏土地认同，缺乏对社区事务参与的热忱，人际冷漠、自私投机，这，都是社会疏离的现象。

这一年的社区生活，是一次"不带理论的旅行"，我在现场观察，并力图为观察到的问题，寻找答案。在排除掉诸多显赫的理论后，默默地圈住"根系于一地的公共感情"。

社区文化，就是共同利益。

社会学家强调，社区必须建立在成员的共同利益基础上，社区的主要特征是公共利益，不完全依赖政府的公权力来解决社区生活领域的问题。仅仅住在同一个地理空间内，没有共同意识，不能算是一个社区。

家园，过去指的是住家，田园，今天则是社区，它是每个人日常生活的实质环境，上班下班，所见所听所达，由左邻右舍构成的空间。

在同一个社区，居民的最低目的是保全生命，最高的目的是追求幸福，如果一个邻居认为，左邻右舍的其他人也跟他一样，那么，就形成了最基本的共识。

社区有着共同的生活圈，共同的利害关系，共同的意愿，所以，我们需要"根系于一地的公共感情"。在大家参与、共识、凝聚、动手的过程中，形成共识的基础。

每个人都是小区的一分子，参与是责任也是义务。以成就自己的角色，在过程中体会跟进与这块土地的生命联结，共同思考，共同面对问题，彼此联结，朝正向去发展。

社区要搭建一条跨越不同意识形态的联合形式与路径：血缘共同体分离了，成为地缘共同体，地缘共同体，又可以发展为精神共同体。

家庭，是私人生活的重要领域，社区，是民众公共生活中最基本的单元，社区的生活者，应从关心自己的家园出发，走出私领域，以一种共同参与的精神，培养出身份认同，共同维护自己的生活方式。

对于居民起到营造效果的，不是政治理念，而是日常生活。社区没有政治、宗教、族性、性别的界限，唯一的入境条件是，热爱社区，捍卫自己的生活方式。

要改变日常生活中根深蒂固的观念习惯，这场革命，要在宁静和煦中进行。文化是渗透，不是对撞，渗透到土地里、渗透到社区里、渗透到生活里、人心里，而不是中国动辄就有的疾风骤雨的社会运动。

如果说改革开放时，需要什么，就让什么先进来，导致无序，那么，现在让我们回到有序：国家去做国家的事，例如社区养老保障；让市场去做市场的事，例如物业管理；居民做居民该做的事，例如参与社区的各类活动。

其实，社区意识形成的最好切入点，是透过社区文艺活动的推广。当然，文化不光是唱歌跳舞、图书馆、博物馆，利用社区居民的在地智慧、在地资源，经营社区生活，培养邻里的共同体意识，一起行动，共同演出——这就是社区文化，不论你是住在同一栋公寓，还是同一个社区，破除地方意识、族群意识、宗教意识，只剩下社区的公民意识。

无论在自己身上，他人身上，都能找到这样的力量：对仇恨，坚决反对；对试图分离我们的人，坚决反对。对于炸弹，坚决反对，不容许任何人在自己的社区，在自己的家门口搞破坏。讲社区的利益共同体，捍卫自己的生活方式，是当下社会具有英雄主义气质的方式。

最后的关键，回到了人，关键是，居民要在场。

社区需要说着唱着的王佑之。

第一次见到王佑之，是在大江和谐园的打扫现场。这个老人出现了，一脸的和善，身板硬朗，拿着铁锹和我们一起劳动，让我有点暗暗的诧异。

林燕子说，他赡养着一位老人。

啊？他自己就是一位老人。

走过去与他聊天，听出了他的山东口音。

我是1985年来新疆的，当时因为计划生育政策，多生了小女儿，就跑到新疆来了。不后悔，现在就是这个小女儿时时回家来看我。到新疆就更不后悔了，新疆可不是歌里唱的好，是真的好：冬不冷，夏不热，秋不燥，歌好舞好，瓜好果好，没有人到了新疆不说好的……

说起王佑之赡养的那位老人，是怎么回事？

他说，他在公园的长椅上拉琴，一位老人就那么坐着，几天了，也不见走。他上去聊天，原来老人没有归宿，他就领回家，一直住了几年，最近才送去养老院，准备这几天去看一趟。

社区那些自带观众的文艺活动，借用的都是他的设备。万圣节活动，他在录音；母亲节活动，他在录像。去高新区参观那次，一个老太太一直拉着他的手，沙默会说，那不是他的老伴，说完就哈哈笑了："给你说吧，人家吹拉弹唱都会，你看他像不像80多岁的人？腰不驼，腿不弯，人又长得帅，别说年轻的时候，现在还是个万人迷……"

林燕子说，贝贝幼儿园，有个叫阿吉古丽的女人，从南疆嫁到昌吉，带着四个孩子，大女儿上了大学，二女儿读小学，还有一对双胞胎儿子。丈夫在硫磺沟煤矿工作，一份收入养活全家，当然拮据。林燕子去动员阿吉古丽，你可以出去上班？阿吉古丽担心汉语不太流利，怎样与大家交流？林燕子联系了贝贝幼儿园，去做厨师，这个家庭多了一份收入，双胞胎儿子也优惠入园，每天在妈妈的视线下，成长着。

当个体仇恨个体，当群体仇恨群体，后果非常可怕。把本该生活在同一片土地上的人当作仇恨的靶子，是对文明的亵渎。

如何穿越对立的相互指控、爱恨情仇，跳脱自我中心，尊重人我差异，自我控制，改变彼此对待的态度，让善意，在社区的生活场域里流动，让人，在这样的情境中得到改变？

以色列政治家西蒙·佩雷斯说，我坚信，一个人们不再为划定边界而进行战争的时代不久将会到来。我有这个希望，因为我想，政治必须这样起作用——每一个人保持自己的特性、自己的信仰，也保持自己的生活方式，但依然与邻居和睦相处。

这种理论，敦促我在社区发现了一个想象的共和国：我们无从知晓个人经历有多少是众所共有，能与别人共享，但回顾往事时，我们首先承认的是彼此的共同点，而不是不同点。

如果说，数学，可以解决时空、地域、文化上的差异性，将它们放在同一数学公式上来理解；如果说，建筑是世界共通的语言，音乐是世界共通的语言，饮食是世界共通的语言，那么，语汇，像巴别塔之前人类的语言：那种语言就叫，爱。

连着三个清晨，因为对居民宣传外墙保温，我们穿行在小区的日常生活里，被一股活生生的水流，推着，牵引着，拉扯着，身不由己，不断拍照，发现着规律：小区里，在下班时间，会有两个推着婴儿车的年轻妈妈相遇；在上班时间，会有推着婴儿车的奶奶外婆相遇，她们不会问，你是啥民族？但会是这样问：你家宝宝几个月啦？男孩女孩？吃人奶还是奶粉？你用哪个牌子的尿不湿？超市在搞活动，送一个婴儿浴盆，你住哪幢楼？再聊哈……

社区首先是一种安全感，洋溢着亲切和友善的安全感，人们尽管互不相识，但因为经常碰面，碰到脸熟，彼此注目的视线熟识已久。

凉亭里，有一辆童车。

早晨，儿媳把婴儿托付给婆婆，上班去了。婆婆急忙忙把童车推到凉亭，托付给一只小狗，小狗尽职地蹲守着，跳广场舞的婆婆，在曼妙转身时丢给小狗一个眼神：看好宝宝。小狗伸头到童车里一看，奶嘴掉了，站起来，冲着奶奶汪汪地，抱怨几声……

安全，日常，互相关照，是从生活角度对社区的定义。

我喜欢80多岁的黄奶奶豁着牙叫古丽"大个子丫头"，抓住古丽的手直往自己脸上蹭。我把那亲切的一瞬拍了下来，存档在手机里。

所谓"真得道尽谈家常"。家常，就是社区的共同性。

有人敲门，我会从声音听出来，是对面的邻家的男孩阿尔法。

"借电话吗？"

"是。"

这孩子会在我的手机里找到"邻居"二个字，拨通后，喊一声，"阿帕，"阿尔法喊得脆生，妹妹阿卡丹喊得娇嗔，翻成汉语就是"妈妈"，大体在说："我放学了，你什么时候回家？"

第二天阿卡丹来敲门："阿帕问，这个卡，是不是电卡？"

我找出自己家的电卡，一对照，不是。

我家没水了，没电了，一打火，煤气不着了，也会敲开她的家："你家有吗？"

去小卖部，买个煤气专用电池，胖乎乎的老板，笑眯眯地说："要是停气了，物业会通知的，没通知，肯定是你家的问题，注点意，明天要变天了……"

在庸常中，渐渐固定成一种百姓的社区生活模式，这就是社区的一体感：不分民族，大家一起，捍卫我们的生活方式。

如果说，社会的特征是，以多元文化为基础的松散的人际关系；

　　那么，社区的特征是，与邻居构成的社会空间，与邻居组成的地缘团体，人际间有着休戚与共的关系，与你的生命过程，密不可分。

　　每个人经由家庭、近邻、社区，融入更大的社会。

　　高头大马的西方哲学家，被我平移到和园社区。

　　这个世界为所有的人存在，此刻，忙碌的人，颓丧的人，失意的人，哄堂大笑的人，都在社区的场景中，这些，使我们成为一个整体。

　　社区不是别的，是我们与邻居，构成的家园。

55 路

> 这个城市的天际线与雪线，是我的最爱。博格达峰耸立在冰雪之光中，似乎不存在国界，也不存在洲界。冰川的体积、生态为绿洲的生活做出定位，我们只能把自己安放在"生态"这个背景下。

从 2016 年 2 月 25 号，乘坐 55 路公交车，到和园社区，到 2017 年的 3 月 1 号，最后一次沿这趟固定线路回家，结束了一年的驻社区生活，手里抱着脸盆，里面是洗漱用具，纸箱里，是积攒下来的十几本笔记，以别样的心态，凝视着看过了一个四季的街景。

这个城市的天际线与雪线，是我的最爱。

一条笔直马路的尽头，是远处天山的山脊线，山脊线下面，是博格达的雪线，它们，都在为绿洲的生活，镶上一道凌霄的花边。

有几座城市，能有幸到用一座天山，做城市的景深？

倘若不能远望那"窗含西岭千秋雪"，我甚至不能呼吸。

博格达峰耸立在冰雪之光中，似乎不存在国界，也不存在洲界。冰川的体积、生态为绿洲的生活做出定位，我们只能把自己安放在"生态"这个背景下。

自然，给予昌吉冰雪高峰的壮美。文化产业要最大限度地与城市的其他"基因"要素相匹配。冰清玉洁的生态，应该是昌吉的名片与未来。

天山雪线下的绿洲昌吉，是我眺望世界的支点。每天，对城市日常生活演进的微观察，使我成为这座城市资深的观者。

这座小城，是一部自我回忆的速写图，两旁的商业街市，街边菜摊的手推车，快递小哥的三轮，美团外卖的摩托，警车，豪车，公交站长椅上的少女……街道上，是一幅不断演进的《清明上河图》，有着一幕永恒的当下。

我们任何时候，走在任何地方，身边总是有各种各样的人，路上行人，是城市中流动着的生命潮。

刚刚上车时，和一个看手机的人撞个满怀，他完全沉浸在视频对话中，边说，边笑，如此投入。我也受到了感染，忽然间，和所有的人惺惺相惜。

无论什么样的文明城市，卫生城市，落脚点一定是每个人的日常生活。这一年我只关心 55 路公交车是否准时到站，发现了城市交通，是重要的城市功能，它影响到人们每日的生活状态。

早晨，看到城市的 A 面：每天，同样一批人，在同样的时间上车，在同样的地点下车，散开到城市的角角落落，去了我去不到的地方，展开我看不见的故事；

晚上，是城市的 B 面：地平线上，夕阳冰山，相互闪烁，人们朝向家的方向，脚步匆匆。

这一年，我常常是和园社区派出的文明劝导员，在早高峰时段，站在青年路口，做文明劝导，直击日常生活中稍纵即逝的瞬间，捕捉一座城市微小的细节，并发现喜剧性的一面。

手拿小红旗，戴着红袖标，穿着红马甲，捂着一条严严实实的飞巾，一顶棒球帽，加上眼镜，站在斑马线一端，一把拽住一位正在过马路的老友，是我走在上学路上的发小，她急赤白脸地一甩手："咋了咋了，你这人有毛病吧，眼睛咋长的，我又没闯红灯……"

拉下飞巾，她瞪圆了眼睛："哎呀呀，大作家站马路，咋这么幽默……"

一辆车停在路口，上去问一句："你停在这个路口，正好堵住了七小的孩子们，进入斑马线的人行道？"

司机一梗脖子："停在路口咋了？我又没停在斑马线上，你管不着。"

心里一惊：为什么，粗鄙变得这么理直气壮？

有次社区会议上，一位人大代表述职，说起她去年的议案，是在青年路上设立隔栏。

在55路车上，看见马路上竖立着的隔栏，问司机，有什么用？

"避免行人乱穿马路，车辆就地掉头，占道……"

为了少数人的违法违规，社会成本变得无限大。

怎么办呢？怎样变得更好呢？

当你把一个地方叫家，就不会像参观者那样对它只有偶然的好奇。你关心它的好和坏。想改善它，改变它，想知道，为什么事物是这样而非其他样子？

我沿着问题，找到了经济学家李国鼎提出的第六伦：五伦是传统文化的核心，传统文化重伦常，君臣、父子、夫妇、兄弟、朋友，都有一套需要遵循的游戏规则，来界定彼此的互动，这都是私人间的规则，不是公共道德。传统社会流动性小，一个人的生活都由五伦延伸出去，彼此揖让进退；现代都会，互动的都是"不知名的第三者"，超市售货员、高速公路上相邻车道的驾驶员、同一电梯里共乘的人……都不在五伦之内，现代社会需要"第六伦"关系，那就是：群己关系。城市化把我们带入现代化，周围满是超出五伦的陌生人群，新的游戏规则需要一点点建立起来。

这，点出了传统文化的盲点，它摆在马路上，被红绿灯一遍遍地照射着。

也许，我的文字没有任何用处，但我依然，让每篇文章都直接面对问题的靶心，像那首著名的诗：

> 唱歌吧，如同没有任何人聆听一样。
> 跳舞吧，如同没有任何人注视你一样。
> 去爱吧，如同从来没有受过伤害一样。
> 工作吧，如同不需要金钱一样。
> 活着吧，如同今日是末日一样。
> 我在心里接上一句：写作吧，就好像从来没有读者一样。

这一年，一遇到问题，就想从问题出发，寻找答案，找理论，找思想，找办法，找借鉴……结束了那么多年的按图索骥，这是该有的秩序：从实际问题，进入概念，有了一种理顺了先后秩序的舒畅。

理论就像数学公式一样，可以代入。我试着由它来解读我所目睹的马路上的各种现象，发现贝淡宁说，中国人，需要爱城主义精神：我们的社区认同过多地集中于爱国主义，爱国主义当然没什么不好，但爱国主义以外，应该还有爱省主义、爱市主义、爱县主义、爱村主义，才是一个丰富、多元的社会认同，一个更健康的认同。

专家教授们定义城市的精神：能够帮助我们更开放、更宽容。如果我们拥有了这样一种精神，我们的城市就能实现在国家层面上难以实现的令人向往的政治目标。

与国家不同，我们无须担心城市之间会发动战争。事实上，爱城主义能够遏制过分泛滥的民族主义。

站完马路的那个晚上，把他的理论框架放在昌吉的尺幅上，吧嗒一声，一切，都刚刚好。

总是坐在前排，于是有机会与55路的司机师傅们交流几句，我愿意听他们把我当作一个陌生人而说的真话。

天天碰面，便有了起码的熟悉和判断，有位司机问，你认不认识教育局的人，我女儿想考州二中？唉，我其实想让她上个护校，出来好就业，她自己想上高中，高中出来还要上大学，大学出来能就业吗？什么时候才能把我辛辛苦苦挣的钱挣回来？

眼下，为孩子提供机会，成了一家一户的私人责任，这样的规则，意味着什么呢？

下半年再见到他时，问，女儿的事定下来了吗？

还是上了高中。

多少钱？

一万。

想起筱微也有这样的问题："你认识社保局的人吗？"

遇事总找熟人，不是一个有规则的社会。其实，规则是个好东西，它制约你，同时也保护你，前提是，制定规则的人，遵守规则，提供公平的社会理念。

那个女司机的声音，总是娇嗔地哎哟哎哟的，那天早晨我打趣她："怎么一大早就哎哟呀，这才是第一趟呢？"

她笑："哎呀，昨天晚上的安全例会开到 11 点多。回到家，洗个澡，洗洗衣服，第二天要穿呀，喝了两袋酸奶就赶快睡了。哎呀我每个月最难过的就是开安全例会了，各种安全要求，现在的青年人呀，一个个开车都横得很，才不管蹭一些剐一下呢，反正保着险，有人赔。都这种心态，我开的是大车呀，不容易躲，操心死了呀……"

一次，雨后积水，这位女司机平稳地将车停在路沿石边，老人迈脚就上了车，我赞一声，停得真好。她乍一听还不好意思："我停得方便，他就上得方便，他上得方便我也就方便了呀……"

一位老司机说："上我们车的，都是宝贝。我们的车贵，80 万的混合动力空调车，可和人相比，什么都不贵了，人伤不起。"

一脚刹车，一只流浪狗从车轮下惊慌地逃命而出，七倒八歪的乘客，为一只流浪狗的得救嘘一口气；

一次次路过长宁路口，路面上散布着被雨水冲刷成的窟窿，那段路面总在一遍遍地打着补丁，颠簸不说，老是堵在那里，退伍的老兵司机，等着绿灯，自言自语："这个世界老了，不是吗？"

我便与他一起，凝视着这个老去的世界。

对面，那原本四四方方的电话亭，正在被改造成一个便民警务室。

记忆中，那个路口，有一个小小的摊点，卖着回民大碗手工老酸奶，上面撒一层砂糖，盖一块四四方方的玻璃，坐在树荫下，喝上一碗，顶饥顶渴大半天。旁边，坐着一位白褂、白帽的老人，慈眉善目，与古榆相得益彰……

这样的路边记忆，后来变成了一座座电话亭，那个街边的电话亭，有着邮局一样斑驳的绿色，在路口的喧嚣中，挺立过很多我重要的生命时刻。在电话亭里，我与远方的朋友说未来，说着说着会哭，说着说着会笑，说着说着就去了北京。那一次，从北京回来，在那个亭子里打电话，偶遇玛利亚，她给了我一个哈萨克族式的热烈拥抱，就有了一种北漂回家的感觉……

现在，在电话亭的底座上，新建的便民警务室，在每个十字路口，屹立起来……

每个地方的特质，无法单独地拎出来，它与其他内容一起，驳杂交织：饮食、建筑、语言。

城市，从来就是各民族、各文化的混合体，是多种文化的共存体。恰恰是博格达的山脊线下，彩色的维吾尔民族、淳朴的哈萨克民族、肃穆的回族文化，使得昌吉绿洲有了自己的缤纷。

一座小小的昌吉市，一趟平凡的 55 路，上演着色彩斑驳的画面。

维吾尔族人、哈萨克族人、回族人、汉族人，内地的、南方的、闽南语，各种语言、语音、语调交织着，都存在于昌吉州200多万的人口当中。在街道上，随手拍下的照片里，都有各族人群的存在，很难找到一张照片里只由一个民族构成。

　　从前，这个小城里，穿裙子的女人是少数民族，穿裤子的女人是汉族。哈萨克族女人生活在天山深处，常年睡帐房，大多数人患风湿病，总见她们穿着厚厚的长筒袜；维吾尔族女人多在火州，穿得轻纱罗曼，长得莺歌燕舞。

　　在阜康天池见到一场民族歌舞，小姑娘的一句导游词让人喷饭：维吾尔族舞蹈都是外扬的手势，去吧，去吧，去多多地挣钱，我要过好日子；哈萨克族舞蹈的手势都是内含的，回来吧，回来吧，我给你烧奶茶……我喜欢所有文化比较的东西。

　　再后来，现代化推平了一切，推平了季节的区别，推平了地域的区别，也推平了民族的区别，最后，是保留各自的特色，还是团结一致地奔向现代化？究竟怎么好，用鲍勃的话说：谁又真的知道呢？

　　跋涉在绝望的戈壁，戈壁那么寂寞，两个陌生人相遇了，一指远处的天山：有它做屏风，就在这里建立家园吧？

　　于是开始了开拓，以公路，以现代灌溉为技术支持，一场征服荒野的运动中，诞生了乾隆皇帝命名的"宁边城"。

　　把那个遥远的宁边城，平移至今天，其内核依然生效，城市的显影随着时间层层叠加，但昌吉城自屯垦发展而来的基因，没有变。

　　这几天，街头上挂出了一些大牌子，写满：公正，公平，民主，平等，这些字眼多么美丽。

　　从农垦田园到新型城市，从丝路驿站到文明创城，那个曾经从一片遥远绿洲上开垦而来的"宁边城"昌吉，终于进入"民主""公平"，一个更高的文明阶段。

回首看得越远，向前也将看得越远。预测未来最好的方法，就是去创造未来。

55路经过一座座高楼，一条条街道，一片片灯火。

很多人不知道，新疆的城市化建设，不输内地，内地人来了之后会惊讶，也是个现代化的城市呀？

55路穿过和园社区、五彩社区、绿洲社区，海棠社区，原来，每个城市都是由一个个社区，一个个鎏金异彩的方块，拼成的魔方。

把一条绿茵半圆的柏油路走到尽头，拐角处，路过了英吉沙油馕店，就进入了我的社区。

最伟大的一幕发生了：我，到家了。